'슬기로운 생리 생활'

안녕, 생리

● 일러두기
- 이 책은 일반적인 건강정보를 담은 책입니다. 특정 질환이나 증상이 있으신 분은 먼저 의사와 상담하시기 바랍니다.
- 본문 내용 중 에피소드 형식의 글은 대화 형식의 글맛을 살리기 위하여 ㅎㅎ, ㅋㅋ 등을 그대로 살려서 표현하였습니다.

누구도 알려 주지 않았던

'슬기로운 생리 생활'

안녕, 생리

신윤지 지음

팩토리나인

.

생리의 세계에 오신 것을 환영합니다.

TO. _____

이제 막 생리를 시작한 딸에게,
이제 막 생리를 시작한 딸을 둔 부모님에게,
생리로 힘들어하는 모든 여성에게
생리를 잘 이해하고 생리의 불편함을 줄여주는 데
이 책이 조그마한 도움이 되기를 바랍니다.

나는 초등학교 6학년 때 초경을 맞이하였다.

피가 동글동글 검게 굳은 상태로 팬티에 묻어 있어서 이틀 정도는 그게 생리인 줄도 모르고, 내가 실수로 똥을 싼 줄 알았다. 엄마에게 이야기할 때도 내 건강에 문제가 생겨 똥이 자꾸 새는 줄 알고 걱정스럽게 이야기를 꺼냈다. 생리에 대한 정보가 아예 없었기 때문이다.

초경 이후에는 더욱 문제였다. 생리 전에는 생리 전 증후군을 겪고, 생리 중에는 생리통을 겪고, 생리 후에는 질 건조증이나 질염을 겪었다. 생리하는 여성이 다 이런 불편과 고통

을 겪는 것은 아니라는데, 나는 죄다 당첨(?)되어 버려서 너무
불편했다. 그런데 이에 대한 정보가 너무 없었다. 아니, 문제
해결에 대한 정보를 얻는 것은 둘째 치고, 생리가 너무 불편하
다고 공감의 이야기를 나누는 것조차도 어려웠다.

#무슨천기누설인줄

　　그래도 너무 힘들어서 인터넷으로 정보를 뒤져 여러 방법
을 알아내 시도해 보았다. 다양한 생리통 진통제들, 탐폰, 면
생리대, 생리컵, 질 세척액, 왁싱 등을 이용해 보았다. 요가
도 하고, 영양제도 먹어 보고, 한약도 먹어 보았다. 최근에는
생리 전 증후군 등의 문제로 정신과 진료도 시작했다.

#쭉쓰니까되게많네

그러면서 나의 생리 불편은 조금씩 조금씩 나아지고 있다. 그래서 그 과정을, 생리를 하며 쌓인 수많은 불편함의 경험과 이를 극복하기 위해 시도한 방법들을 전하고 싶었다. 다른 여성들에게 공감과 팁이 될 수 있지 않을까 생각했다. 물론 요즘엔 (다행히도) 인터넷에서 생리에 관한 이야기를 예전보다 더 많이 접할 수 있다.

#인터넷의순기능

그렇지만 아직 서점에서 만날 수 있는 책은 거의 없다. 많은 가임기 여성들이 1년의 4분의 1을 생리와, 또 4분의 1을 생리 전 증후군과 함께한다. 계산해 보면 초경 이후, 인생의 절반을 생리와 관련된 시간으로 보내는 것인데, 그에 비해 터무니없이 적은 정보량이 아닐 수 없다.

#서점에서생리검색 #결과_동물생리학_작물생리학
#그럼이건_생리생리학

내가 중학교 선생님으로 재직할 때, 반 아이들이 귓속말

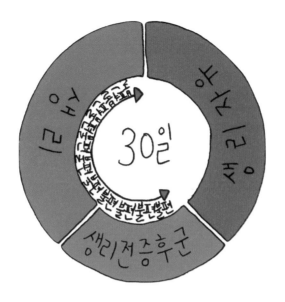

로 생리대를 몰래 빌리는 상황이 마치 십수 년 전 나의 과거
모습과 너무나도 닮아 있어 충격을 받았다. 인류의 절반이 겪
는 생리라는 문제를 아직도 쉬쉬하는 것이 안타까워 글로 남
기기로 결심하였다.

　나는 유독 생리로 인한 불편함을 다양하게 겪어 왔고, 그
래서 극복하려는 노력도 다양하게 한 편이다. 그래서 내가 생
리에 관한 책을 쓴다면 더 많은 이야기를 풀어낼 수 있을 것
이라고 생각했다. 나의 이야기가 누군가에게는 공감으로, 누

군가에게는 정보로, 그리고 누군가에게는 타인에 대한 이해의
폭을 넓힐 수 있는 사랑의 기회가 되기를 바란다.

✖ **생리를 하지 않는 독자 여러분들은 이렇게 상상하며 읽어 보세요.**

한 달 중 일주일 정도, 내 겨드랑이 한쪽에서 24시간 내내 피가 나온다.

#히익_내겨드랑이

그것이 겉에 묻어나지 않게 하려고 마련된 용품들이 있다. 보통 면 부직포+화학적
흡수체로 된 일회용품 패드를 쓰는데, 항시 축축하고 3~5시간마다 갈아주어야 한
다. 잘못하면 피가 새서 옷과 이불을 빨래해야 한다. 혹은 이상한 냄새가 난다.
종종 이 패드 때문에 겨드랑이에 건조증이나 염증이 생기기도 한다.

그리고 그 피의 기간이 시작되기 전 일주일 정도, 몸과 마음이 울렁울렁 이상하다.

1장

생리 전,
기분이 널뛴다

잃어버린 자아,

생리 전 증후군(PMS), 월경 전 불쾌장애(PMDD)

✚✚✚ 많은 여성이 생리 전만 되면 기분이 우울해지는 증상을 겪는다. 이건 사실 우리의 의지 문제가 아니라, 신체 내 호르몬 변화로 생기는 의학적 증상이다. '생리 전 증후군', 영어로는 'PMS(Premenstrual syndrome)'라고 부르며, 여러 신체적, 정신적 증상을 동반한다. 생리가 시작되기 1~2주일 전부터 생리가 시작되고 2~3일 후까지 이어진다. 모든 여성이 PMS를 겪는 것은 아니다. 하지만 대한산부인과의사회의 발표에 따르면 가임기 여성의 75%가 PMS에 시달리고 있다고 한다.

사실 나는 몇 년 전까지만 해도 PMS라는 단어를 알지 못했다. 그냥 내가 아주 변덕스러운 사람, 혹은 의지가 약한 사람이라고만 생각했다. 그런데 PMS에 대한 설명을 듣고 보니 내가 생리 전에 겪는 우울감, 무력감이 바로 PMS인 것이 아니겠는가?

생리 전 일주일 정도, 나는 나를 잃어버린다.

#집나간자아를찾습니다 #한달에한번은나가요
#나를찾아줘

평소의 나는 '에너자이저', '작은 고추가 맵다'라는 별명이 붙을 만큼 활달하고, 유머러스하고, 합리적이고, 의지가 강하다는 말을 듣는다. 자존감이 너무 높은가? 어쨌든 나는 평소

의 내 모습에 자부심을 가지고 있다. 그러나 생리 전 일주일 동안은 모든 것이 짜증나고, 우울하고, 귀찮아진다. 평소엔 아이들에게 관대하고 친절하고, 재미있고 열정적인 선생님이다가도, 생

리 전엔 지친 표정과 예민한 태도를 감출 수가 없다. 또 보통 때에는 남자 친구와 갈등이 생기면 대화로 원만하게 푸는 편인데, 어쩌다 별것 아닌 일로 울며불며 싸운다 싶으면 꼭 3일 안에 생리가 터진다. 목표를 잡고 해나가던 운동이나 독서, 수업 기획 같은 것들도 생리주기 단위로 끊겨버린다.

생리가 시작되고 며칠 뒤 가출했던 내 자아가 돌아오면, 비로소 주변 사람들에 대한 미안함과 자책감이 나를 휘감는다. 스스로를 조절하지 못했다는 점, 무기력에 빠져 일상을 무너뜨렸다는 점에 대해서도 자괴감을 느낀다.

#넌_맨날숲이야_난_매달생리야

심지어 이 책을 기획하면서도, PMS를 겪고 있을 때와 겪고 있지 않을 때 지었던 가제에 차이가 있다. PMS 중에는 가제를 좀 더 공격적이고 부정적으로 지은 반면, PMS가 아닐 때는 중립적인 느낌이 강하다.

PMS 중 지은 가제	PMS가 아닐 때 지은 가제
생리 진짜 안 하고 싶다	나의 생리 스토리/에세이/분투기
1년에 6개월을 생리 때문에 망하는 이야기	1년에 6개월, 생리와 함께
생리 힘들다고 징징거리는 게 뭐 어때서?	생리 불편
생리 공황장애 극복기	생리 때문에 힘들어 하는 너, 나, 우리
개 같은 생리	생(리)잘알 얘기 한번 들어볼래?

술에 만땅으로 취해서 평소의 나라면 하지 않았을 실수를 하고, 술이 깬 다음 날 땅을 치며 후회해 본 적이 있는가? PMS가 바로 그런 느낌이다! 마치 자아를 잃는 기분이랄까.

생리 일주일 전부터 생리라는 술에 취해 나를 잃고, 생리

2일째쯤부터 술에서 깨어나며 자책이 시작된다.

  그런데 주변 친구들과 이야기해 보니, 모두가 나만큼 심각하게 정서적 PMS 증상을 겪고 있는 것은 아니었다. 왜 하필 나만 이렇게까지 감정 기복이 심할까 또 자책하던 중, '월경 전 불쾌장애', 영어로는 'PMDD(Premenstrual dysphoric disorder)'라는 증상명을 알게 되었다. PMDD란 PMS보다 훨씬 심한 증상, 혹은 질환을 일컫는다.(몇 년 동안 이 증상을 앓으면서도 증상명을 안 지는 몇 개월 되지 않았을 만큼 이에 대해 정보를 접할 길이 별로 없다!)

  #PMS가그냥커피면_PMDD는티오삐야

  아무튼, 이쯤 되니 한 달에 한 번씩 나를 잃는 이 짓을 그만두고 싶어졌다.

✖ PMS가 발생하는 이유

여성의 몸에서는 배란과 생리라는 연속되는 사건이 반복적으로 일어나고, 그때마다 두 가지 호르몬의 분비량이 급격히 변화한다. 에스트로겐과 프로게스테론이 그 두 가지 호르몬이다. 에스트로겐의 경우 배란 직전에 분비량이 급증했다가 배란하며 급감했다가 또다시 증가했다가, 생리 때까지 또 감소하는 변화를 보인다. 프로게스테론의 경우 배란 이후 증가했다가 생리 때까지 감소한다. 호르몬 분비는 뇌의 시상 하부라는 곳에서 조절하는데, 이렇게 확확 바뀌는 호르몬 분비량에 적응하기가 어려워 결국 여러 신체적, 심리적 트러블이 나타나게 된다.

#호르몬전쟁　#오르락내리락반복해

#때매_호르몬의노예가되었다　#호르몬전쟁

첫 번째 시도,
감마리놀렌산(오메가6)

✚✚✚ 이미 난 무언가라도 시도하지 않으면 안 될 상태에 도달해 있었다. 몇 년 동안 PMDD를 겪다 보니 이제 PMDD만이 문제가 아니라, PMDD 자체를 공포로 느끼는, 말하자면 PMDD 공황장애(?)가 생겨 버린 것이다. 물론 의학적인 용어는 아니지만 스스로 느끼기에 그랬다.

공황발작과 공황장애는 다르다. 공황발작은 누구나 1~2회 정도 단발적으로 겪을 수 있는 반면, 공황장애는 반복적으로 공황발작을 겪으며 언제 어디서 공황발작을 겪을지 모른다는 불안을 끊임없이 느끼는 것이다.

내가 생리에 있어 딱 그랬다. 수년간 반복적인 PMDD를 겪다 보니 '뭘 해도 어차피 생리할 때 의욕을 잃을 거야. 그러니 애초에 시작하지 말자.'라는 비합리적 신념이 생기고, 생리 주간이 아닐 때에도 다음에 찾아올 PMDD를 두려워했다.

그래서 PMS에 좋다는 영양제인 '감마리놀렌산'을 먹어 보기로 했다. 이 성분이 들어 있는 영양제는 '달맞이꽃 종자유'와 '보라지유'가 있는데, 비용이나 복용법(하루 몇 번 몇 알 먹어야 하는지) 등을 고려하여 '달맞이꽃 종자유'를 선택했다.

그리고 한 달이 지났다. 그런데….

#제품선택은맞춤형으로

두 번째 시도,
정신건강의학과와 약물 치료

✚✚✚ 2019년 6월 말, 우연하게도 PMDD 주간에 힘든 일들
이 많이 겹쳤다. 교사로서 피할 수 없는 학기 말 번아웃에, 빵
빵 터지는 학교폭력, 남자 친구의 응급실행, 동료 교사 다수
의 공황장애 및 우울증, 가족 간 갈등 등이 한꺼번에 겹쳐버린
것이다. 지금 생각해도 아찔!!

#누구든겪을수있는일

이때부턴 PMDD가 아니라 그냥 불면을 동반한 우울과 불

안장애로 증상이 심화되었고, 병가를 내어 정신건강의학과를 방문하게 되었다. 특히 PMDD가 심각하다는 점을 강조하며 진료를 받았다(의사선생님은 내 상황을 진심으로 잘 들어주셨다. 참고로, 정신건강의학과는 의사선생님과 내가 얼마나 잘 맞는지가 정말 중요하다). 의사선생님은 PMDD에 대한 몇 가지 새로운 정보를 알려주셨는데, 큰 도움이 되어 여기 소개하려고 한다.

우선, 정신건강의학과 약들 중에 PMS, PMDD 증상 완화를 위한 약이 있다는 것을 알게 되었다. 아, 이걸 1년만 더 일찍 알았더라면…. 그리고 PMDD가 있는 경우, 원래 우울이나 불안 등의 경미한 기분 장애를 자신도 모르게 가지고 있을 가능성이 크다고 한다. 나 역시, 심도 있는 검사를 해보니 만성적인 우울증을 가지고 있었고, 그것이 호르몬의 주기를 틈타 PMDD를 만들어 냈던 케이스였다. 그러니 현재 PMDD로 고통 받고 있는 독자 여러분들이 계시다면, 위의 영양제나 정신건강의학과 진료를 조심스럽게 권하고 싶다.

정신건강의학과가 부담스럽다면, 보통 피임을 위해 먹는 것으로 알려져 있지만 실은 PMS 치료 목적으로도 많이 쓰이는 산부인과 처방 약이 있다. 정신과에 가는 것을 어려워할 필요는 없지만, 혹여 발길이 떨어지지 않는다면 산부인과 상담

및 처방도 유효하다.

#PMS_PMDD_고치는약도있어 #근데몰랐어

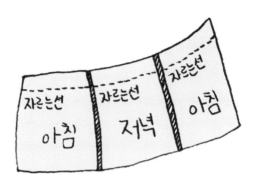

현재 나의 상태를 보자면 약물 치료가 1년 정도 되었고, 우울 및 불안장애와 동시에 PMDD에 있어서도 큰 효과를 보았다.

#이제_느낌아니까

세 번째 시도, 셀프 컨트롤

✚✚✚ 약이 필요한 정도의 PMDD는 약의 힘이 유효하지만, 생리 전 증후군이 심하지 않았을 때는 나름대로 셀프 관리를 함으로써 그 증상과 악영향을 줄일 수 있었다.

첫 번째는, '아, 이건 호르몬 때문이야!'라는 것을 확실히 인식하는 것이다. 특히 아주 예민해져 누구랑 싸울 것만 같은 일촉즉발의 상황일 때, 자기 객관화는 빛을 발했다.

생리 전 증후군으로 '가출하는 자아 증상'을 겪고 있는 분들이라면, 다들 생리 직전 누군가와 크게 싸우고 그 후폭풍에 두들겨 맞은 경험이 한 번 쯤은 있을 것이다. 나도 소중한 사람, 혹은 싸우면 안 됐던 사람과 싸워 놓고 '아, 생리 직전이라 내가 예민했던 거잖아.' 하고 후회한 적이 많았다. 그래서 생리 즈음 누군가에게 화가 나면, 그 분노를 그 사람에게 돌리지 않고 '생리'라는 대자연적인 요소에게 돌린다. '저 사람이 날 속상하게 한 건 맞아. 그런데 지금 대자연이 그 속상함을 대증폭시킨 거야. 대자연이 더 나빠. 이 나쁜 대자연!' 하면서 자연스럽게 그 사람에 대한 분노적 집중을 살짝 누그러뜨린다.

#분노표적바꾸기

그래도 끓어오르는 분노를 굳이 밖으로 표출할 수밖에 없을 때는, (사실 이때는 이 말도 하기 싫지만 최대한의 이성을 발휘하여) 표출 전에 '내가 지금 생리 직전에 예민한 상태라 실제보다 더 예민하게 반응하는 것 같고 나도 이런 내가 싫고 생리 후에 후회할 것 같지만!'이라고 구구절절하지만 내 상태를 설명했

다. 물론 그런 상태의 나를 이해해줄 만한 사람에게나 통하는 방법이고, 이해해주는 사람이라고 해도 분노 표출이 잦아진다면 결국 지치는 건 마찬가지니 주의해야 한다.

결국 '호르몬 때문'임을 인식하는 것이 100% 성공적인 건 절대절대 아니지만! 어쨌든 이런 방식으로 몇 번의 위기는 넘길 수 있었고, 괜한 갈등의 후폭풍도 줄일 수 있었다.

두 번째 셀프 컨트롤은, 최대한 타인과 마주치지도 소통하지도 않는 것이다. 이 시기에 사람을 대하면 갈등의 요소가 생길 수 있다. 그래서 최대한 친구와의 약속을 줄이고, 소통적 SNS를 줄이고, 대신 드라마나 만화, 책 같은 일방향 콘텐츠에 정신을 팔려고 노력한다. 집순이력(力) 최대치를 찍어 보는 것이다. 친구들이 보자고 해도, 남자 친구가 보자고 해도! 이런저런 이유를 대며 만남 시기를 미뤄 본다.

#사랑하니까헤어지는거야_잠시

그래도 업무적으로 사람을 만나야 하는 경우엔 피하는 게 쉽지 않긴 하다. 이럴 땐 최대한 업무 그 자체에만 집중하려 노력한다.

마지막으로, 이 시기에는 나의 휴식에 관대해진다. 사람은 누구나 피곤할수록 예민해지는 법이다. 안 그래도 예민한 시기에 더 예민하게 만들 필요는 없다. 먹고 싶은 것도 그냥 먹어버리고, 눕고 싶을 때는 좀 더 눕고, 긴장을 푸는 스트레칭이나 명상 같은 것도 시도한다.

Q 여자 친구가 생리로 불편해하는 모습을 본 적 있나요?

김: 생리 전부터 생리가 다 끝날 때까지 온갖 몸 고생 마음고생 다 하는 것 같아요. 너무 불쌍해요.

추: 아니요. 고생하는 사람 한 번도 본 적 없어요. 아, 계속 화나 있는 거! 그건 본 적 있어요.

양: 제 여자 친구는 본인이 한 달에 한 번씩 힘들 거라는 걸 그냥 운명으로 받아들이는데, 그게 너무 안타까워요.

이: 여친이 있냐고 물어보는 게 먼저 아닌가요?ㅠㅠ(죄송)

Q 여성들이 겪는 생리로 인한 불편함에 대해 생각해 보신 적 있나요? 생각해 보셨다면 어떻게 생각하세요?

김: 여자 친구가 힘들어하니까 당연히 생각해 봤죠. 근데 처음엔 제가 생리에 대해 잘 몰라서, 생리통도 그냥 잠깐 있으면 괜찮아질 배탈 같은 거라고 생각했어요. 근데 그게 아니었어요. 그때를 생각하면 아직도 미안해요.

추: 수업 때 관련 얘기가 나온 적 있는데, 불편하겠다는 생각은 들었죠. 근데 직접 겪어본 적이 없으니 그렇겠구나, 예상하는 정도? 잘은 모르겠어요.

양: 여자 친구 만나기 전까진 솔직히 생각 안 해봤어요. 생각할 기회가 없었죠. 그런데 이 친구가 본인이 여자로 태어나서 생리를 겪어야 하고 그때마다 힘들어야 하는 걸 엄청 억울해하더라고요. 듣고 보니 이

해가 많이 됐어요. 아, 돈도 생각보다 많이 들더라고요.

이: 전 솔직히 생리가 뭔지 잘 몰라요. 피가 나온다는 정도? 불편할 것 같기는 한데 구체적으로는 생각을 못해봤어요.

Q 만약 겨드랑이에서 한 달에 일주일씩 피가 나오면 어떠실 것 같으세요?

김: 진짜 힘들 것 같은데요. 겨드랑이는 아무것도 안 해도 땀이 차는데 피까지 나면… 붕대를 하나요? 착용감도 별로일 것 같고, 또 그걸 갈아야 되니까 옷을 입고 벗기 편한 걸로 입어야 되네요. 아, 옷 색깔도 신경 써야 되겠네.

추: 일주일 동안 집에서 안 나올 거예요. 근데 일상생활을 안 할 수는 없는데…. 피할 수 있으면 무조건 피하는 방법 찾을래요.

양: 솔직히 짜증 날 것 같아요, 귀찮고. 혹시 보이거나

냄새 날까 봐 엄청 신경 쓰일 것 같아요. 안 겪고
싶어요. 제발.

이: 상상하기 힘든 불편인데요? 생리가 그런 느낌이라
는 거예요? 진짜 힘들겠네요. 대단하네요, 여자들.

2장

생리 전,
몸이 벌써 이상하다

내 가슴에 웬 근육통?

✚✚✚ 내가 가장 처음 겪은 신체적 PMS는 바로 가슴(유방) 통증이었다. 유방은 분명 대부분이 지방으로 이루어져 있는데, 마치 근육통이 찾아온 것처럼 뭉치듯이 아프다. 나의 경우 생리가 시작되기 7~8일 전부터 4~5일간 가슴 통증이 지속되는데, 이 시기에 어쩌다 가슴 쪽을 부딪치면 정말 눈물이 쏙 빠지게 아프다.

#가슴근육이존재하긴하죠 #근데그게아픈게아니야

마치 멍이 든 곳에 아주 강력한 딱밤을 맞은 것 같은 고통이랄까? 혹은, 이미 딱밤을 여러 대 맞아 혹이 난 이마에 또 한 방 딱밤을 맞은 느낌이다. 그래서 이 시기에는 자연스럽게 가슴을 보호하기 위한 가드 자세(?)를 취하게 된다. 특히, 대중교통을 이용할 때는 되도록 부딪히지 않기 위해 창가에 매미처럼 붙어서 가곤 한다.

#가드올려

가드중 + 저림 + 여드름

이때 꽉 끼는 옷이나 속옷보다는 여유 있는 옷을 착용하고 가벼운 유산소 운동이나 스트레칭을 하면 근육의 피로를 풀어 통증이 완화된다고 한다.

몸이 저릿저릿, 몸살인가?

✛✛✛ 가장 오래 겪은 신체적 PMS가 가슴 통증이라면, 가장 최근에 나타난 신체적 PMS는 저림 증상이다. 팔다리가 24시간 내내, 심지어 자는 도중에도 저릿저릿하다. 그리고 느낌상으로 저리기만 한 것이 아니라 실제로 몸도 살짝 붓는다. 반지가 조금 더 빽빽하게 들어가고, 청바지가 조금 더 쪼인다. 이 증상은 생리가 시작되기 약 8~10일 전부터 슬슬 나타나, 생리가 시작되고도 며칠 뒤까지 남아 있어 오랫동안 불편하다.

#진짜감기몸살이랑_가끔구분안간다

몸살에 걸리면 일상생활이 힘들어지듯이, 이 증상도 나의 일상생활을 힘들게 한다. 마치 온종일 무릎을 꿇고 앉아 있었던 것처럼 다리가 저리고, 몸살이 난 것처럼 온몸이 쳐진다. 그중에서도 무엇이든 집중하기 어려워지는 점이 제일 곤란하다. 감기몸살 기운이 있을 때 다른 때보다 집중력이 떨어지는 것과 같다.

#마사지해도잠깐일뿐 #그래도_받으면좋아요

대체 피부가 왜 이러지?

+++ 가장 겉으로 티가 나는 PMS 증상을 꼽자면 단언컨대 얼굴 여드름이다! 몸도 마음도 너덜너덜한데 얼굴까지 난리가 나다니, 정말 속상하기 짝이 없다.

나는 중학생 때 여드름이 많다가 성인이 되고부터는 여드름이 잘 나지 않는 얼굴로 피부 타입이 바뀌었는데, 꼭 생리할 즈음만 되면 코 주변이나 볼에 중간 크기 이상의 화농성 여드름이 4~5개 생긴다. 최근에는 웃기게도 무슨 별자리처럼, 아니면 콧수염처럼 여드름이 다다닥 연결해서 났다.

#나의멋진여드름콧수염

　　다른 친구들을 보면 생리 전 여드름이 나는 위치는 사람마다 다른 것 같다. 나는 코 주변에, 다른 친구는 콧볼에, 또 어떤 친구는 턱에 왕여드름이 올라와서 우리끼리는 알아본다. '너! 생리하는구나? ㅋㅋㅋ'

#우리만의모스부호

똥배는 아닌데, 배가 부었다?

✚✚✚ 생리가 시작해야 배가 아픈 것으로 알고 계셨다면 경기도 오산! 나의 배앓이는 생리 일주일 전부터 시작한다. 배란 후 생리 전까지 자궁이 부풀기 때문에 이에 영향을 받아 아랫배가 꽤 부푸는데, 이것 때문에 모든 하의가 배에 압박을 주면서 배앓이를 겪게 된다. 가끔은 속옷 고무줄마저 압박으로 느껴질 때가 있다. 이 때문에 소화장애가 오는 것은 물론이고, 마치 장염이 온 것처럼 설사도 자주 겪는다.

나는 마른 몸이라 모든 바지의 허리를 줄여 입는데, 이 시기만큼 허리 줄임을 후회하는 시기가 없다. 여름에는(스타킹

없이 맨다리로) 원피스라도 입어서 배에 압박을 없앨 수 있는데, 좀 쌀쌀할 때부터는 원피스를 입어도 스타킹을 신어야 하니 스타킹의 허리 고무줄 때문에 여전히 배가 아프다.

#미리아픈건_솔직히_반칙아니냐

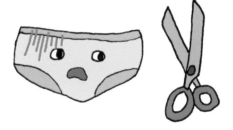

왜 이렇게 잠이 오지?

╫╫╫ 사람에 따라 조금씩은 다르겠지만, 사람이라면 응당 하루 이틀 잠을 제대로 못 자면 그다음 날은 졸음에서 벗어나지 못하고 해롱해롱할 것이다. 바로 그 느낌! 머리만 잠깐 대도, 눈만 한 번 깜빡여도 잠들어 버릴 것 같은 그 느낌을 나는 생리 7~10일 전부터 며칠간 겪는다. 그리고 이 기간 동안 나는 하루에 평균적으로 10~14시간을 자게 되는데, 평소에 하루에 8시간 이상 자야 하는 잠순이임에도 너무 심하다는 생각이 들 정도다.

그래서 이 기간에는 꼭 부모님과 한 번은 싸우게 된다. 왜냐하면 엄마아빠가 보시기엔 그냥 '게으름이 심한' 날이기 때문이다. 조용하다 싶으면 자고 있는, 알람도 못 듣고 잠에만 취해 사는 딸내미일 뿐이다. 나는 정말 억울하지만 나만 아는 이 졸림을 알아줄 사람이 없다.

사실은 내 생리주기가 많이 불규칙하기 때문에, 나 스스로도 이게 생리 때문이라고 확신하기가 어렵다. 그래서 더 혼란스럽고 억울하다.

#나도자기싫다고 #진짜라고

속상한 부분을 더 털어놓아 보자면, 잠이 이렇게 많이 오면 내 개인적인 생활에서도 생산성, 효율성이 참 많이 떨어진다. 해야 할 일이 쌓여 있는데 몸뚱이는 자꾸 잠의 나락으로 떨어져 버리니, 내 몸이 원망스러울 따름이다. 수업 자료를 꼼꼼히 만들어야 하는데 졸리다고 대충 끝내 버리거나, 아이들과의 쪽지 상담에 답장을 써주어야 하는데 내일로 미루거나, 운동하러 가야 하는데 운동복 대신 잠옷을 입거나 하는 일들이 생겨버리니 말이다. 솔직하게 고백하자면, 지금 쓰고 있는 이 글도 PMS 때문에 계획보다 며칠 뒤에야 쓸 수 있었다. 아아, PMS로부터 자유롭고 싶다!

내 맘대로 대처법

✚✚✚ 앞에서 이야기한 신체적 증상들에 있어서도 나만의 '나름대로 대처법'이 있다. 참 사소하지만, 혹시나 또 도움이 될 수도 있으니 적어 보겠다.

가슴통과 몸살 기운의 경우, 몸을 따뜻하게 찜질해주고 살짝살짝 주물러 준다. 온기와 마사지는 혈액순환을 도와 일시적으로나마 저린 기운을 해결해 준다.

그리고 여드름은, 요즘 세상이 좋아져서 여드름이 날 것 같을 때 바르거나 붙이면 좀 완화해 주는 제품들이 있다. 나의 경우는 유효 성분을 아주 얇은 펩타이드 바늘들에 담아 피부 아래로 전달해 주는 패치를 쟁여두고 쓴다. 피부가 예민하므로 이 시기에는 화장도 좀 줄인다. 가능하다면 단 것을 줄이고 채소를 많이 먹는 것도 피부 건강에 좋은데, 내게는 정서적 예민함을 줄이는 게 여드름보다 중요해서 단 것은 평소보다 많이 먹는다. 하지만 여드름이 제일 고민이라면 당분과 기름 섭취를 줄여 피부의 기초 건강을 높일 수 있다.

마지막으로 잠도 오고 생산성도 떨어지는 문제에 대한 나름대로 대처법이다. 업무 스케줄의 조정이 가능하다면 이 시기에는 최대한 기계적인 일을 몰아넣는다. 머리를 팽팽 돌려야 하거나, 창의력이나 기획력을 필요로 하는 일들은 미리 해 놓는 것이다. 가능하다면 업무량도 널널하게 조정해 놓는다. 만약 학생이라면 이전 생리 기간이 끝나자마자 스퍼트를 올려 어려운 공부들을 미리 해 놓고, 다음 생리 기간이 다가올 때쯤엔 단순한 과제들만 주로 할 수 있도록 계획을 짜면 좋을 듯하다.

#너무사소해서죄송하다

신   난 생리 전에 이것들 때문에 힘든데, 너희는 어때?

임   나는 생리 때마다 다이어트 실패야. 식욕 폭발하고 단 거 막 땡기고. 내가 진짜 평소에 식단 조절 엄청 노력하는 거 알지? 근데 그때만 되면 탄수화물이랑 단 게 왜 이렇게 끌리니. 못 먹으면 울 것 같고 막ㅋㅋㅋ

김   맞아, 먹고 싶은 거 못 먹으면 대박 서러워!!ㅋㅋㅋㅋ 그리고 난 손발이 그렇게 부어. 반지 끼고 뺄 때마다 확 느껴지고 신발 신고 벗을 때마다 확 느껴짐.

신 ㅇㅇ이는 왜 대답 안 해주냥

권 ㅎㅎ. 난 변비 옴.. 그때만 되면 화장실을 못 가. 성공하
는 데도 한참 걸리고. 이러다 변기랑 사랑에 빠질 듯ㅋ

신 그래 다들 고생이다ㅠ

김 ㅍㅇㅌ.

신 너네도 생리주기가 불규칙해? 나 며칠 전에 신혼집 이사
하는 날 용달차 타고 가는 중에 생리 터져서 고생했잖아.

이 헐 진짜?

신 와중에 차도 막히고. 용달차 내리자마자 화장실 갈라고
했는데 사다리차에 짐 올리고, 올라와서도 짐들 때문에
정신이 없어서 깜빡해 버렸어. 살짝 피 샌 걸 남편이 보

고 알려줘서 갔어.

최 고생했네. 근데 너 생리통도 심하잖아.

신 다행히 약은 챙겨 다녔어서 차에서 바로 먹었어. 그런데 이삿날 아무래도 짐을 옮기느라 허리 힘을 많이 쓰잖아. 그래서 허리는 약을 먹어도 아프더라. 여행날이랑 생리 안 겹치는 것만 신경 썼는데 이젠 이삿날도 신경 써야 됨.

이 나도 그런 날 많아. 예전에 대학 다닐 때, 무슨 시험날이 었는데, 새내기 필수 과목이었나 그랬어. 시험 보러 가는 길에 터져 가지고 시험 내내 휴지 깔고 아파서 죽는 줄 알았음.

김 헐.ㅠ

이 근데 결국 끝까지 못 봤어. 생리통이 점점 심해져 가지고. 마지막 문제가 네 단락이나 쓰는 논술 문제였던 거지.

최 미친ㅋㅋㅋㅋㅋㅠㅠㅠㅠㅠㅠㅠㅠ

이 하 진짜. 갈등 많이 했는데 너무너무 아파 가지고. '재수 강하겠습니다 죄송합니다.'라고 쓰고 나왔는데 진짜 D+ 주심.

김 와 D+ … 무조건 재수강하라고ㅋㅋ

이 다른 문제들 진짜 다 잘 풀고 그때까지 다른 과제 성적도 좋았는데ㅎ. 진짜 짜증 났음.

신 너(최)는 주기 규칙적인 편이지? 좋겠다.

김 부럽다.

최 그치 너네보다 훨씬 덜 그렇지. 그래도 시간까진 알 수가 없잖아. 한번은 이런 적이 있었어. 생리 예정일에 지하철 을 탔는데 왠지 생리가 시작한 것 같은 거야. 뭔가 나온 것 같은 느낌, 축축해지는 것 같은 느낌 있잖아? 그래서 바로 다음 역에 내려서 화장실을 찾아가 확인했는데 아니 야. 그런데 한 세 정거장 가니까 또 그래. 또 내려서 갔는데 또 아니야ㅋ 그래서 이젠 안 속는다! 했는데, 그 다음에는 뭔가 배도 아픈 것 같은 거? 그래서 이번엔 진짜다 하고 내렸는데.

신 응 아니야~ㅋㅋㅋㅋㅋㅋㅋㅋㅋㅋ

최 ㅇㅇ 다음 날 시작함ㅋㅋㅋㅋㅋㅋㅋㅋㅋㅋㅋ

김 근데 난 주기도 주기인데, 둘째 날 양이 너무 많아. 한 시간마다 생리대 갈러 화장실 가는 거 너무 힘들다.ㅎ 일하다 보면 그러기가 쉽지 않잖아.

최 역시 생리는(삐- 삐- 삐-)야

3장

생리,
언제 터질지 모른다

지랄 맞은 나의 생리주기

✦✦✦ 생리주기란, 이번 생리가 시작한 날로부터 다음 생리가 시작할 때까지의 기간을 이야기한다.

교과서에서는 보통 28~30일이라고 하지만 개인마다 다르고, 같은 사람도 굉장히 불규칙한 경우가 있다. 지인 중 누구는 25일마다 규칙적으로 생리를 해서 1년에 14번이나 생리를 하고, 또 누구는 스트레스를 받으면 생리를 건너뛰어서 5~60일에 한 번씩 생리를 한다. 나는 굉장히 불규칙한 편으로, 여기에서는 그 부분의 불편함에 대해서 이야기하고자 한다. 독자 여러분들께서 교과서적인 생리주기를 가진 여성이라면 그것은 하나의 축복이다. 나로서는 굉장히 부럽다!

#불규칙한생리주기 #교과서가_거짓말 #웃지마내얘기야

많은 여성이 생리달력 어플리케이션을 쓰고 있을 것이다. 나도 개인적으로 6년간 하나의 달력에 기록해 왔는데, 표로 내 생리주기를 정리해 보았더니 얼마나 불규칙한지 눈으로 직접 확인할 수 있었다. 그런데 백업이 잘못되어 1년 2개월 정도의 데이터가 날아갔다…. 총 50회의 생리가 기록되었다.

#내생리주기진정해 #너도고생이많다_TO생리어플

우선, 나의 생리주기는 최단 22일에서 최장 84일까지로, 매우 불규칙적이다. 그런데 생리달력 어플은 무례하게도(!) '너의 주기는 규칙적일 거야'라는 전제를 깔아버린다. 그래서 기록된 최근 3회 생리주기의 평균을 내어 다음 생리 시작일을 예측해준다(어플마다 다를 수 있다. 최근 12회 주기의 평균으로 따질 수도 있고, 주기 전체의 평균으로 따질 수도 있다).

아무튼, 현재 내가 쓰는 생리달력이 알려주는 내 생리주기는 31일이다. 그러나 이 평균값은, 다음 생리 시작일을 예측하는 데 있어 내게 아무런 도움이 되지 못한다. 데이터로 보자면… 50회의 기록 중 평균 주기 31일과 딱 일치하는 건 2건에 불과하고, 평균 주기 주변이라고 볼 수 있는 30일~32일 사이에 들어오는 건(앞의 2건을 포함하여) 9건에 불과하다. 반면, 평균 주기인 31일에서 5일 이상 차이 나는 26일 이하, 혹은 36일 이상의 경우는 21건이나 된다. 거의 절반의 확률로 예상에서 5일 이상 빗나간다는 소리다.

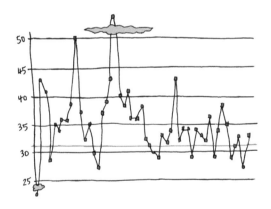

이것 참, 다음 생리가 언제 시작할지 알기란 내겐 너무 어려운 일이다.

참고로, 산부인과에서 자궁·난소 초음파 검진을 받아보니 의사선생님이 내게 '다낭성 난소 증후군'이라고 하면서, 이 때문에 생리가 불규칙적으로 이루어지는 것이라고 설명해 주셨다.

'다낭성 난소 증후군'이란 5~10%의 여성에게 나타나는 내분비계(호르몬 관련) 질환으로, 배란장애(난임으로 이어질 수 있음)나 인슐린 저항성, 이상 지질 혈증, 비만, 다모증 등등의 증상들을 동반한다. 다행히 나는 불규칙한 생리 정도의 증상이 나타날 뿐 다른 이상은 없다. 독자 여러분들도 혹시 생리가 너무 불규칙하거나 주기가 길 경우, 산부인과 초음파 검진을 받아 보시길 권유한다.

#산부인과들_가까이하자

주기 26일 이하 or 36일 이상
21건, 42%

주기 27-29일 or 33-35일
20건, 40%

주기 30~32일
9건, 18%

비싸지만 호르몬 검사를 추가해서 피 검사를 하는 경우도 있는데, '이 검사를 해보니 선천적으로 호르몬이 불규칙하게 분비되는 체질이더라.' 하는 사람도 다수 있다. 이 경우 산부인과에서 피임약을 생리주기 정기화 목적으로 권유하기도 한다. 선천적으로 나사가 하나 빠진 몸 상태이니 약으로라도 교정해주는 셈이다.

예측 불허, 내 몸 안의 지진

✠ 생리주기가 불규칙하다는 것, 즉 다음 생리가 언제 터
질지 모른다는 것은 많은 불편함을 야기한다. 그건 마치 지진
을 예측하지 못하는 것과 같다.

　우선 내가 가장 많이 겪었던 일은, 아직 생리 시기가 꽤
남았다고 생각해서 생리대와 진통제 없이 외출했는데 갑자기
생리가 시작된 경우다. 독자 여러분들이 공감하는 소리가 들
려오는 듯!

#갑자기터지는게쉬미니 #제때하면덧나니

이때 내게 가장 큰 문제는 진통제를 바로 먹을 수 없다는 점이다. 진통제는 아픔이 시작하기 전이나 아픔이 시작되는 즉시 먹는 것이 매우 매우 중요하다. 그런데 당장 약국을 찾기 애매하거나, 심지어 공휴일인 경우 정말 난감해진다. 특히 나는 특정 브랜드의 특정 성분의 약만 효과가 있기 때문에 더욱 까다롭다. 원망스러운 내 몸뚱어리. 진통제를 먹는 타이밍을 놓치는 바람에 이후 일정까지 취소하게 되었던 적도 많았다.

#그날의아픈기억 #내가어떻게널보내_진통제

그리고 이런 경우 소소하지만 짜증 나는(?!) 부분이 또 있다. 바로 4개입 화학생리대를 사야 한다는 점이다. 나는 화학생리대와 잘 맞지 않는데 그 점은 둘째 치고 4개입은 개수도 애매하고 개당 단가가 너무 비싸서 억울하다! 지하철이나 대학교 화장실에서는 가끔 1~2개입을 팔기도 하는데 매진인 경우가 대부분이다. 왜 편의점은 생리대를 꼭 최소 4개입으로만 파는 걸까? 1개입, 2개입도 팔아줬으면 좋겠다.

어쨌든 이런 상황을 몇 번 겪은 후, 난 나의 불규칙한 생리주기를 인정하고 다음 예정일의 일주일 전부터 항상 생리대와 약을 가지고 다닌다. 그런데도 반년에 한 번쯤은, 딱 한 번 깜빡한 날 재수 없게도 외부에서 터진다. 억울해!

이제 끝이냐고? 아니! 이외에도 이런 불편들이 있다.

가장 어릴 적 기억을 꺼내보자면, 가족들과 신나서 수영장을 가다가 가는 길에 생리가 터져 귀가한 적이 있다. 며칠 전부터 고대하던 휴일의 스케줄이 꼬여 기분이 아주 별로였음은 말할 것도 없다. 나중에는 생리 중에도 수영을 가능하게 해주는 탐폰 등을 알게 되어 수영장 가는 길에 귀가한 적은 없지만, 이때는 초경 직후라 생리대 이외의 대안을 알지 못해 그냥 집에 돌아와야 했다.

#기대바사삭

그리고 생리 때문에 이불 빨래를 한 적이 한두 번이 아니다.(기저귀 뗀 지는 한참 됐는데 거참!) 갑작스러운 속옷 빨래는 일상이라 말할 것도 없다. 자다가 화장실을 가고 싶어 '잠깐' 일어났는데 이불에 피가 묻어 있어 한바탕 빨래를 해야 하는 그 졸리고 피곤한 기분을 아는가? 그나마 여름 이불처럼 얇고 가벼운 이불이면 크게 힘들지 않은데, 겨울에 덮는 두꺼운 극세사 이불이며 침대패드며 이런 빨기 힘든 침구에 피가 묻었을 때에는 화장실까지 끌고 가는 것도 무겁고, 피가 묻은 부분만 빨래하기도 어렵고, 피는 잘 빠지지도 않고, 정말 고생 고생 생고생이다(심지어 부모님의 침대에서 자다가 일이 생긴 적도! 무려 퀸 사이즈의 침대였다).

#이불의무게를견디는자 #생리대_두개_연결_필수

또, 여행마다 혹은 중요한 시험마다 생리가 갑자기 터지진 않을까 걱정하는 것도 일이다. 결국 언제일지도 모를 생리를 미룰 목적으로 피임약(여성 호르몬제)을 일정 전에 일주일 정도 복용하게 된다. 매일 같은 시간에 먹어야 하니 귀찮기도 하고, 돈도 돈이고, 피곤한 일이다.

가끔은 생리주기가 40일 넘게 너무 길어질 때가 있는데, 그럴 땐 가방에 생리대와 진통제를 몇 주 내내 챙겨 다니느라 번거롭기도 하다. 가방을 바꿀 때마다 신경 써서 챙겨야 한다. 그 쪼끄만 것들이 뭐가 귀찮나 싶지만, 원래 큰 것을 기억하는 것보다 작은 것을 기억하는 것이 더 어렵고 번거로운 법이다.

#사실덤벙대는성격이라 #근데여기안그런사람있어?

그리고 성인이 되고부터는 이런 경우, 피임을 했어도 설마 임신인가, 하고 우려가 생기는 것은 어쩔 수 없다. 나는 아직 아기를 낳을 경제적, 사회적, 체력적, 심적 준비가 되어 있지 않아 우려로 마음이 꽤나 쪼그라든다. 언젠가 한 번 80일 넘게 생리를 하지 않았을 땐 정말 틈만 나면 툭툭 올라오는 걱정으로 신경이 곤두섰던 기억이 난다.

이럴 땐 산부인과에서 피임약을(사실 피임 목적으로만 쓰이는 것이 아니기 때문에 '여성 호르몬제'라는 명칭이 더 적당하다.) 처방 받아 복용하면 주기를 규칙적으로 만들 수도 있다.

나는 지금까지 두 가지 이유로 호르몬제 복용을 꺼렸는데, 첫 번째 이유는 매일 같은 시간에 약을 먹는 것이 자신 없었기 때문이다(호르몬제는 매일 같은 시간에 약을 먹는 것이 중요하다) 시험이나 여행 때문에 생리를 미루느라 약을 몇 주 먹어본 적이 있는데, 그때 일정한 시간에 챙겨 먹는 것이 참 어려웠다. 그리고 호르몬 변화에 몸이 민감하게 반응하는 편인지 메스꺼움 같은 부작용이 있었다.

그래도 불규칙한 생리주기 때문에 워낙 불편하기도 하고, 정신건강의학과에 다니면서(알람을 맞춰놓고) 매일 일정한 시간에 약을 먹는 데 익숙해지기도 했고, 메스꺼움 등의 부작용이 처음에는 심해도 점차 새로운 호르몬 시스템에 몸이 적응하면 괜찮아진다는 의사선생님들의 말도 있고 해서 호르몬제 처방을 시도해 왔다. 호르몬제(피임약)도 1세대부터 4세대까지 다양하고, 세대마다 주요 효과나 부작용이 다르다. 독자 여러분들 중에도 규칙적인 주기가 필요하다면, 산부인과에서 상담을 받아보는 게 어떨까 조심스레 권하여 본다.

✖ 예상치 못한 생리를 일반적인 상황에 비유하자면?

1. 생각한 날보다 생리가 너무 일찍 터진 경우:
   (학생) 오늘 그냥 학교에 갔는데 갑자기 시험을 본다.
   (직장인) 오늘 그냥 출근했는데 갑자기 잡힌 사장님과의 아침 회의에서 나 보고 발표를 하라고 말한다.

2. 생각한 날보다 생리가 너무 늦게 터지는 경우:
   (학생) 10일이 방학이라고 했는데 계속 방학식이 미뤄진다. 언제까지 기다려야 방학이 올지 모르겠다.
   (직장인) 10일까지 프로젝트가 마무리되고 휴가를 쓸 수 있다고 했는데 프로젝트가 끝나지 않는다. 계속 일감이 몰려오고, 대체 언제까지 일해야 휴가를 쓸 수 있을지 모르겠다.

호르몬제로 생리주기
일정하게 만들기

✚✚✚ 그동안 수많은 호르몬제를 복용하면서 주변 지인부터 산부인과 의사, 약사 분께 물어보고 직접 겪으며 알게 된 점을 말해보려 한다.

호르몬제는 지금은 쓰지 않는 고용량 1세대부터, 약국에서 파는 2세대, 3세대, 그리고 의사의 처방전을 받아야 살 수 있는 4세대로 나뉜다. 세대마다 프로게스테론 성분의 구체적 종류와 성분들의 함량이 다르고, 이에 따라 부작용도 다르다.

미리 알아보고 약을 고를 수도 있었는데, 이놈의 급한 성격 때문에 제일 먼저 생각나는 이름의 약을 약국에서 구입해 먹기 시작했다. 메스꺼움이나 부정출혈 같은 부작용이 오더라도 두 달 정도는 일단 먹어보자 각오하고 먹기 시작했는데, 웬걸? 이번엔 전혀 그런 부작용이 없었다(이유로 추측하는 것들은 나중에 약의 성분에 대해 자세히 이야기하는 부분에서 꺼내 보도록 하겠다). 부작용 없이, 주기가 규칙적으로 바뀌자 생리 생활의 쾌적도가 +100 향상되었다!

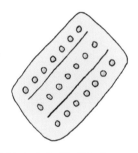

일단, 언제 생리가 터질지 몰라 전전긍긍하는 시간이 확! 줄어들었다. 설명서에 따르면 휴약 2~3일차부터 생리가 시작된다고 했다. 그리고 정말로 그랬다!

처음엔 약사님 말을 믿지 않았다. 지금까지의 생리주기가 대부분 30일을 넘겼던 터라 설명서처럼 휴약 2~3일 차에 생리가 시작하진 않을 수도 있겠다고 생각했다. 혹시 휴약기가 끝날 때까지 생리가 시작되지 않으면 다음 약을 먹어야 하나 말아야 하나 고민도 했다. 그러나 걱정과 고민이 무색하게, 약 복용을 멈추면 귀신같이 이틀 뒤에 생리가 시작됐다.

그리고 이건 생각도 못한 부분인데, 생리 기간이 줄었다. 나는 원래 최장 9일까지 생리가 지속되는 체질이었고(세상 불편), 생리컵을 사용하면서 생리 기간을 5~6일로 단축시켰었는데, 이제는 4~5일이면 생리가 끝난다. 세상에, 생리를 시작해도 4~5일 안에 끝난다니(물론 아예 안 하면 좋겠지만)! 이 정도면 참을 만하다고 생각했다. 그리고 관련성이 있는지는 모르겠지만 생리통도 크게 줄었다.

#이런_축복이 #크나큰_오예입니다

호르몬제 복용법

하나, 21일 동안 호르몬제를 매일 같은 시간에 먹는다.
둘, 7일 동안 호르몬제 복용을 중단한다.(휴약기)
셋, 약에 따라 휴약기 7일 동안 아무 효과가 없는 알을 먹게 하기도 한다. 약을 매일 먹는 습관을 지키도록 하기 위해서다.

자, 그럼 이제 호르몬제가 대체 어떻게 이런 쾌적함을 가져왔는지 원리적인 측면에서 살펴보자. 머리가 아프다면 꼭 읽을 필요는 없다.

호르몬제는 크게 5가지의 원리로 효과를 나타낸다.

첫째, 배란하고 생리하는 기초 원리

(규칙적인 경우) 한 달에 한 번씩, 난자가 나와 자궁으로 이동한다. 이를 배란이라고 한다.

배란을 한 후에는, 프로게스테론이라는 호르몬이 나와 자궁 내벽을 두껍게 만든다. 혹시나 정자가 와서 난자와 수정이 된다면, 수정란이 두툼하고 안전한 자궁 내벽에 폭 안겨 아기로 클 수 있도록 하기 위함이다. 그런데 기대와 달리 정자가 오지 않으면 프로게스테론은 지쳐 사라지고, 더 이상 프로게스테론이 없으니 두꺼워진 자궁 내벽은 무너져 내린다. 왜 맘대로 기대했다 실망해서 가 버리고 그러나 싶지만, 어쨌든 그렇게 무너지는 자궁 내벽이 바로 생리혈이다.

#성격진짜이상하다너

요약: 배란 → 프로게스테론 증가 → 자궁 내벽이 두꺼워짐 → 프로게스테론 감소 → 자궁 내벽이 무너져 내림(이것이 곧, 생리)

둘째, 호르몬제가 피임 효과를 주는 원리

호르몬제에는 프로게스테론(합성 프로게스테론 혹은 그 유도체)이 들어 있다. 그래서 호르몬제를 먹으면 프로게스테론이 배란 전부터 고농도로 유지된다. 원래 프로게스테론은 배란 후에 나오는 건데 이미 프로게스테론이 혈액 속에 돌아다니고 있는 상황! 이러면 우리 몸은 이미 배란을 한 줄 알고(더하여, 임신 중인 줄로 착각함) 배란하지 않는다.

#힝_속았징? #희대의사기꾼

셋째, 호르몬제가 생리를 미루는 원리

자연적인 상황에서 배란을 했는데도 정자가 오지 않으면 프로게스테론은 다시 감소한다. 그러면 자궁 내벽이 헐어지며 생리로 이어진다. 그런데 호르몬제를 통해 프로게스테론의 농도를 계속 높게 유지해주면, 그만큼 자궁 내벽이 헐어지는 타이밍을 미룰 수 있다. 즉, 생리를 미룰 수 있는 것이다. 하지만, 그렇다고 생리를 계속 미루면 안 된다. 자궁 내벽이 두꺼운 상태로 너무 길게 유지되면 혹이 생기는 등 문제가 생길 수 있기 때문이다.

넷째, 호르몬제가 생리주기를 규칙적으로 만들어주는 원리

자연적인 프로게스테론 증가 과정과는 달리, 호르몬제를 통해 프로게스테론을 증가시키는 것은 그 기간을 조절할 수 있다.

자연 그대로의 상태에서는 프로게스테론의 등장과 퇴장을 조절할 수 없다. 언제 배란을 하고 프로게스테론이 나올지 그 타이밍을 알 수 없기 때문이다. 그래서 프로게스테론이 지쳐 없어지고 자궁 내벽이 헐도록 조절할 수도 없다. 즉, 다음 생리를 언제 할지 알 수 없는 것이다.

반대로 호르몬제를 먹다 중단하면 프로게스테론의 등장과 퇴장 타이밍을 조절할 수 있다. 호르몬제를 먹으면 프로게스테론이 몸속에 돌아다니고(=자궁 내벽이 두꺼워짐), 약을 먹지 않으면 몸속에 프로게스테론이 더 이상 돌아다니지 않는다(=자궁 내벽이 헐어짐, 생리). 내가 원래 며칠의 생리주기를 가지고 있었는지와는 상관이 없다. 그냥, 더 이상 호르몬제를 먹지 않으면 프로게스테론이 몸에서 감소해 생리가 시작될 뿐이다.

#호르몬님이_로그인하셨습니다_로그아웃하셨습니다

다섯째, 호르몬제가 생리량을 달라지게 하는 이유

엄밀히 말하자면, 자연적인 생리와 호르몬제 휴약기 동안 치르는 생리는 다르다. 자연적인 생리는 배란이라는 과정에 의한 것이고 자궁에 난자가 있었다. 그런데 호르몬제 휴약기 동안의 생리는 배란도 없고 난자도 없이 진행된다.

그래서 호르몬제 휴약기 동안의 생리를 생리라고 부르지 않고 (소퇴성) 출혈이라고 부르기도 한다. 그러니까, 충격적일 수 있겠지만, 실은 이건 생리가 아니다! 그래서 피가 나오는 양에 있어서도 변화가 생긴다. 물론 모두에게 양이 줄어드는 현상이 생기는 것은 아니며 오히려 원래보다 늘어날 수도 있다. 물론, 약 복용을 중단하면 자연적인 배란-생리 과정이 다시 시작된다.

#나한텐꼬또였던것이여

✖ 호르몬제의 성분과 부작용, 세대가 높다고 좋은 것은 아니다!

1세대 – 프로게스테론 용량이 필요 이상으로 너무 높고 부정출혈 부작용이 심해 더 이상 쓰이지 않는다.

2세대 – 약국에서 처방전 없이 구매 가능하다. 프로게스테론 계열로 '레보노게스트렐'을 쓰고 에스트로겐이 첨가되어 있다. 여드름이나 다모증이 부작용으로 발생할 수 있다.

3세대 – 약국에서 처방전 없이 구매 가능하다. 프로게스테론 계열로 '게스토덴' 혹은 '데소게스트렐'이라는 종류를 쓰고 에스트로겐이 첨가되어 있다. 여드름, 다모증의 경우 2세대보다 발생 가능성이 낮고 4세대보다 발생 가능성이 높다. 혈전 생성의 경우 2세대보다 발생 가능성이 높고 4세대보다 발생 가능성이 낮다.

4세대 – 의사의 처방전이 있어야 구매 가능하다. 프로게스테론 계열로 '드로스피레논' 혹은 '디에노게스트'라는 종류를 쓰고 에스트로겐이 첨가되어 있다. 혈전 생성이 부작용으로 발생할 수 있다. 이에 따라 35세 이상 흡연 여성은 복용할 수 없다.

* 같은 세대의 약이라도, 약에 따라 성분의 함량이 다를 수 있다.
* 에스트로겐의 경우 함량이 0.02mg이거나 0.03mg인데, 함량이 높은 것이 효과가 더 좋은 대신, 속이 메스껍거나 머리가 아프거나 고혈압과 같은 부작용을 불러올 가능성이 있다.

다양한 생리의 모습

✛✛✛ 각각의 여성마다 생리에 대한 경험이 다른 것은 둘째 치고, 생리의 모습은 여성 한 명의 삶 속에서도 변화한다. 그 사람이 어떤 나이대를 지나고 있는지, 그 사람의 생활 습관이 어떻게 바뀌는지, 그 사람이 받는 스트레스가 얼마나 되는지, 그리고 그 사람이 신체적으로 임신이나 출산 등의 큰 변화를 겪었는지에 따라 생리는 다이내믹하게 변화한다. 생리주기도, 기간도, 양도, 생리통이나 생리 전 증후군도 그렇다.

여기에서는 작가인 나를 포함하여 주변 여성들의 생리 패턴이 어떻게 변화하였는지 적어보려 한다. 지금 생리가 너무 힘든 사람은 이를 보고 희망을 가질 수도 있고, 지금 생리 불편이 없는 여성은 혹시 나중에 생길지 모를 생리 불편에 대비해야겠다는 다짐을 하게 될 수도 있다. 그리고 이 글을 읽는 모두가 주변 여성들을 좀 더 다이내믹하고 변화하는 존재로 넓게 이해할 수 있게 되리라 기대해 본다.

A: 생리통이 없었는데 출산 후 생김(정반대의 경우도 있음)

B: 생리통이 심했는데 20대 후반 이후 점차 사라짐

C: 생리 전 증후군이 없었는데 사회생활로 스트레스를 많이 받으면서 심해짐

D: 생리주기가 10대 시절에 매우 불규칙했으나 안정화됨

E: 20대가 지나고 몇 년째 생리량이 계속 늘어남

F: 체중이 감소하면서 생리량이 줄기 시작함

생리결석, 생리휴가

생리결석과 생리휴가는 여성들의 생리 불편을 법적으로 배려하기 위한 제도이다. 나는 고등학생 때까지 그런 게 있는지도 모르다가 대학생 때 딱 두 번, 그것도 엄청 눈치를 보

면서 비공식적으로(교수님께 구구절절 메일을 보냄으로써) 생리 결석을 써 보았다. 직장에서의 생리휴가는 사용해 본 적이 없다. 학교라는 직장의 특성상, 학기 중에는 아파도 되도록 출근해야 하는 분위기이기 때문이다.

생리결석과 휴가에 대해 안 좋은 시선이 많다는 것을 안다. 하지만 나처럼 생리 전 증후군과 생리를 치르고 나면 체력이 반으로 깎이는 사람에게는 그러한 제도가 생명줄이나 다름없다. 물론 악용하는 사람들도 있다. 나도 그런 사람들 때문에 인식이 나빠지는 것이 너무 싫다. 하지만 이것만은 알아주어야 한다. 금요일, 월요일에 생리휴가를 쓴다고 '무조건' 악용자는 아니라는 걸. 여자는 평균적으로 한 달에 일주일가량 피를 흘리고, 생리 전 증후군이 심한 사람은 무려 보름 동안을 고생한다. 그러니까 금요일, 월요일은 당연히(!) 들어가 있을 수밖에 없다.

피할 수 없는 신체적·정신적 고통에 대해 배려받는 것이 눈치 볼 일이 아니었으면 좋겠다.

#물론_생리_외의_고통들도 마찬가지

위로도 조심스럽상

중국의 수영 선수 푸위한후이! 리우 올림픽 수영 100m 배영에서 동메달을 거머쥔 뛰어난 선수다. 그런데 약 1주일 뒤, 400m 릴레이 경기를 마친 후 인터뷰 중에 배를 부여잡은 채 쓰러진다. 전날 예상치 못하게 생리가 시작돼 생리통 등으로 컨디션이 아주 난조였던 것. 나는 운동회날 생리도 억울한데 올림픽이라니…. 위로 건네기도 조심스럽다.

수능날, 면접날 생리가 모든 걸 망쳐 버린 당신. 누가 당신의 아픔을 헤아릴 수 있을까. 누가 당신을 위로할 수 있을까.

토닥토닥 고생했상

학교에는 엄격하고 무서운 남자 쌤이 꼭 한 명씩은 있기 마련! 그런데 하필 그 선생님 수업 시간에 생리가 터져 버릴 게 뭐람? 평소에도 무서워서 수업 중에 화장실 가겠다는 얘기도 못 하는데…. 결국 수업 종이 칠 때까지 화장실에 못 가고 쉬는 시간에 치마를 빨아야 했던 당신, 토닥토닥.

엄마랑 언니와 생리가 겹쳐본 적 있는가? 룸메이트들과 겹친 적은? 같이 사는 여자들이 함께 생리가 겹쳐 버리면 다이너마이트를 모아 놓은 것과 다름없다. 넘쳐나는 쓰레기통은 둘째 치고, 누구 한 명 울지 않고 지나갈 수 없는 이 시기. 모두들 참 고생했다.

은근 신경쓰이상

아니, 대체 왜, 생리대를 사러 들어가는 편의 점마다 알바생이 남자인 걸까? 다들 하는 생리인데 괜히 당신도 민망하고 나도 민망한 그 순간…. 은근히 신경 쓰인단 말이지.

우리 집에서 모둠 활동 숙제를 같이 하기로 했는데, 아차 화장실에 생리대 치우는 걸 깜빡했다! 쓰레기통에 버린 생리대는 잘 말려 있겠지? 펴지지는 않았겠지? 걱정은 늦었다. 이미 화장실에 들어가 버린 남사친. 왠지 얼굴이 화끈거리지 뭐야. 그 이후로 뚜껑달린 휴지통으로 바꿨다.

#뭐어때요_당당해지자 #그래_나생리한다!

4장

생리 중,
아프다

생리통이란 이런 것이다! 생리통의 종류와 강도

✛✛✛ 우선 생리통의 종류와 강도는 사람마다 매우 다르다는 점을 강조하며 이 글을 시작한다.

누군가가 하나도 아파하지 않는 것을 보고 '생리통 별거 아니네.'라고 생각해서도 안 되고, 누군가가 생리휴가를 낸 것을 보고 '여자들 일 시키기 힘드네.'라고 생각해서도 안 되기 때문이다. 누군가는 생리통을 별로 겪지 않는(솔직히 여성으로서 축복받은, 부러운!) 체질일 수도 있고, 누군가는 생리 때마다 지옥을 맛보는 체질일 수도 있다. 그리고 또 누군가는 이 두 상황을 왔다 갔다 할 수도 있다.

#진리의사바사 #사람마다_상황마다_생리마다케바케

    그러니 지금, 이 글은 그저 글쓴이인 나의 경험만을 기반으로 한 일부의 넋두리로 읽어주시면 좋겠다. 공감하실 분은 공감해 주시고, 안타까이 여겨주실 분은 안타까이 여기며 읽어주시면 된다!

    나는 초경부터 중학생 시절까지는 생리통이 거의 없다가 고등학생 때부터 점점 심해져, 성인이 되고부터는 약 없이 살지 못할 정도의 생리통을 겪고 있다. 생리통의 기간은 하루일 때도 사흘일 때도 있고, 어쩔 땐 약을 한 알만 먹어도 나아지는 반면 어쩔 땐 최대 복용량까지 먹어도 완전히 회복되지 않는 날이 있다. 그리고 종류로는 배 통증과 허리 통증, 메스꺼움, 손발 저림 증상을 겪고 있다.

✖ 생리통을 느껴보지 못한 분들을 위한 비유

1. 배 통증:

   배 안의 장기에 쇳덩이를 달아 놓은 느낌

   배 안에서 둔탁한 갈퀴로 사방을 긁어내는 느낌

   배 안에서 여기저기를 손으로 쥐어짜는 느낌

2. 허리 통증:

   무거운 짐을 하루 종일 날랐을 때 다음 날 허리가 아픈 느낌

   운동 중 자세를 잘못 잡아 다음 날 허리가 아프고 땡기는 느낌

3. 메스꺼움:

   체했을 때 뱃속이 울렁거리는 느낌, 토하기 직전의 느낌

4. 저림 증상:

   무릎을 꿇고 오랫동안 앉아 있는 느낌, 몸살 기운의 느낌

생리통과 관련된 웃픈 이야기가 몇 가지 있다.

하나는 생리통이 심하면 오히려 주변에서 모르기 쉽다는 것이다. 정말 심한 경우엔 아프다고 말을 하거나 신음 소리를 내는 것도 힘들기 때문이다. 보통 '아프다'라고 하면 비명을 지르며 데굴데굴 구르는 모습을 상상하기 쉬운데, 사실 생리통이 심할 때는 최대한 아픔이 덜한 자세로, 몸에 아무 힘도 주지 않고, 가.만.히 있어야 그나마 덜 아프다. 그래서 주변 사람들은 그냥 내가 멍 때리는 줄 아는 경우가 많았다.

#진짜아프면_말도안나와#아프다는말도사치

그리고 나는 팬티 고무줄을 가위로 잘라본 적이 여러 번 있다. 배가 너무너무 아파서, 바지는 말할 것도 없고 팬티 고무줄이 배를 압박하는 것조차 너무 아팠다. 제일 고무줄이 느슨한 팬티를 입어도 마찬가지다. 심지어 심리스(seamless) 속옷을 입을 때도 배에 압박감이 느껴졌다. 그래서 팬티 고무줄을 여러 번 잘랐는데…. 잘라보니 어땠냐고? 다행히 아픔이 살짝 덜해지기는 했다.

#그놈의팬티고무줄 #흘러내릴수도

한 번은 이런 날도 있었다. 대학생 새내기 시절 교수님과 개인 면담할 기회가 있었는데, 교수님과 식사 후 산책을 가게 되었다. 지금이야 교수님 뵙는 것이 어렵게 느껴지지 않지만, 그때는 교수님과 독대한다는 것이 너무 귀한 기회로 느껴졌고, 그래서 매우 긴장한 상태였다. 그런데 하필 그날, 예상보다 훨씬 일찍 생리가 터져 버린 것이다. 그때 나는 생리대도 없었고 진통제도 없었다. 심지어 굽이 있는 신발을 신어서 고통이 더했다. 그리고 산책길은, 안타깝지만 아무것도 없는 오르막 길이었다. 나의 모교는 산에 지어져서 산길이 아주 많다.

결국은 화장실도 약국도 들르지 못하고, 교수님께 말씀도 못 드린 채로 1시간 반 정도를 걸으며 이야기했더란다. 생리통 때문에 정신이 없어 무슨 이야기를 했는지도 기억나지 않는다. 그저 교수님과 헤어지자마자 고통에 온몸을 떨며 주저앉은 기억이 난다. 혹시나 피가 샐까 걱정하느라 더 정신이 없었다. 그렇게 주저앉은 채로 울며 아빠를 불렀고, 119처럼 바로 달려온 아빠 차에 실려 집으로 갔다. 집에 도착해서는 진통제를 먹고 약효가 날 때까지 쥐 죽은 듯 가만히 있었다.

그리고 그날 이후로 나는, 생리 예정일 일주일 전부터 생리대와 진통제를 챙겨 다니는 강박이 생겼다.

생리통 콤보 세트

➤➤➤ 여기까지만 해도 생리에 대한 두려움이나 간접 체험(?)으로 이미 지쳐 버린 독자가 있을 것으로 생각된다. 그런데 미안하지만 더한 날도 있다! 생리만으로도 힘든데 생리+감기라든가, 생리+장염, 생리+골절 등 다른 병이 겹치는 날 말이다. 생리통만 병이 아니지 않은가? 살다보면 이렇게 설상가상의 상황을 겪기도 하는 것이다.

#한놈씩만와라

생리통 때문에 이미 배와 허리가 아픈데 감기에 걸려 기침까지 나오면, 정말 끊어진 허리가 한 번 더 끊어지는 것만 같다. 왈칵하며 생리혈이 나오는 기분 나쁨은 덤이다. 생리 중에 장염이나 방광염에 걸리면 화장실은 또 몇 번을 가야 하는지…. 언제는 생리 도중에 다른 건강 문제로 응급실에 간 적이 있는데, 응급실 화장실에서 생리대를 가는 스스로의 신세가 참 처량하게 느껴졌다. 몸은 죽겠지, 그렇다고 생리대를 안 갈 수도 없지….

그리고 신박한 불편도 있는데, 생리 중에 손 주변이 다친 경우다! 생리대를 갈아야 하는데 손가락을 다친 상태면 생리대 펼치기/빨기/정리하기 동작이 어려워진다. 그리고 손목을

다쳐 악력이 약해지면(뒤에 나올 생리용품 중 하나인) 생리컵을 접기가 힘들어지는 등의 불편도 있다.

생리통 완화하기 대작전
1. 진통제

✚✚✚ 대학교 저학년 때까지는 생리통이 심해도 최대한 진통제를 먹지 않으려고 했다. 먹어도 딱 한 알 정도만 먹고 버티려 했다. 진통제를 많이 먹으면 내성이 생길까 봐 걱정되었기 때문이다.

그런데 생리통 진통제는 내성이 생기지 않는다(단, 카페인이 들어 있는 약은 내성이 생길 수 있다).

#안생겨요ASKY

이것은 서울대학교 여성 의학 관련 세미나에서, 산부인과 교수님께 내가 직접 질문하고 들은 이야기이다. '내성이 생겨서 이젠 약도 안 듣는다'는 이야기는 생리통에 대한 아주 대표적인 미신 중 하나다. 생리통 때문에 진통제를 먹는 것은 한 달에 끽해야 몇 알, 며칠이기 때문에, 이 정도로 내성이 생기지는 않는다고 한다. 여성들이 부디 진통제를 잘 이용해서 불필요한 고통을 겪지 않기를 바란다. 그리고 진통제의 효과를 극대화하기 위해서는 복용 타이밍을 알맞게 지키고, 자신에게 딱 맞는 성분을 아는 것이 굉장히 중요하다.

우선, 복용 타이밍은 생리혈이 확인되자마자 최대한 빨리 먹을수록 좋다. 만약 생리 예정일이 정확한 편이거나 생리 직전 몸이 주는 신호가 있다면, 생리혈이 비치기 전에 미리 약을 먹는 것도 좋다. 사실, 가능하다면 미리 먹는 것을 권장한다. 고통이 시작되기 전에 약 성분이 몸에서 작용하고 있으면, 약효를 최대화할 수 있기 때문이다. 나는 생리통이 살살 오려는 듯한 느낌이 들면 고민 없이 약을 먹는 편이다. 가끔은 생리가 아니어서 헛발질이 될 때도 있지만, 맞는 날에는 그 덕에 고통을 많이 덜고 지나갈 수 있어 정말 좋다.

#진리의ASAP

너무 아프니 진통제를 먹어야겠다고 생각하면 이미 늦다. 약효가 나는 데 걸리는 시간이 몇 배로 들고, 약효 자체도 떨어지게 된다. 기억하라, ASAP!

두 번째로, 약을 구성하는 성분이 자신과 얼마나 맞는지 직접 확인해보는 것이 중요하다. 나의 경우에는 덱시부프로펜 성분과 아세트아미노펜 성분을 함께 먹는 것이 가장 효과가 좋았다. 다른 성분의 진통제들은 내게 효과가 아예 없거나, 늦거나, 효과는 있으나 메스꺼움이 심해지는 등의 부작용이 있었다. 그러나 다른 친구들에게는 다른 성분들, 다른 복합법이 더 잘 맞기도 했다.

그러니 지금까지 진통제를 제대로 먹어본 적이 없거나 효과가 없다고 느꼈던 분들은 위의 성분들에 대한 정보를 바탕으로 조합을 바꾸어 가며 시도해보기를 추천드린다(더하여, 액상형이 고체형보다 더 약효가 빠르다).

#약선택은맞춤형으로

나는 의도한 건 아니었지만 어쩌다 보니 이 부분에 대해 직접 실험(?)을 하게 되었는데, 내 몸의 경우 진통제를 언제 먹느냐에 따라(같은 약 기준) 약효가 나기까지 시간이 3~4배 정도 차이가 났다.

#어쩌다_보니_인체실험

어쩌다 인체 실험을 하게 되었는지 설명하자면… 사실 나는 진통제를 제대로 먹기 시작한 후로 생리통 증상 중 하나인 배앓이를 제대로 느껴본 적이 없다. 그래서 그 고통에 대한 기억이 가물가물했고, 이 책에 생생한 묘사를 담으려면 그 고통을 다시 느껴보아야 한다고 생각했다. 그래서 진통제를 먹지 않고 생리통을 오롯이 겪어보기로 결심했다.(이때까지만

KKT 4:14
51%
← 그룹채팅 7
작가정신 !!! 약을 안먹어보겠어 !!!
신디 등록
작가정신 따위 ㅎㅎㅎ
작가도 살아야 글을 쓰지 ... ㅠㅠ
아파?
아픔을 느끼면서 머리가 굴러갈 거라 생각한 내가 바보지
두시간 전의 나를 말리고 약을 확 먹여버리고 싶어 ...!!!!!!!!!!!!
속옷 또 찢음?
ㅇㅇ... ㅋㅋㅋ
왜 내가 그런 결정을 했을까 해맑았던 어제의 나 반성해 ...
객기였음 ㅋㅋ
(심한말)

해도 투철한 작가 정신!) 그런데 생리 시작 후 1시간 30분도 되지 않아서, 생리통의 고통에 무릎 꿇고 후회막심한 심정으로 약을 털어 넣게 되었다. 그런데 평소엔 약을 먹고 30분 정도 있으면 괜찮아지던 배가 거의 2시간이 지나서야 괜찮아졌다. 그래서 나는 아주 오랜만에(약효가 돌기까지) 지옥같은 몇 시간을 보내게 되었고, 약의 발명에 지대히 감사하게 되었다.

생리통이 이상할 정도로 극심한 경우 자궁이나 골반, 난소 등에 염증, 근종, 혹 등 문제가 있어서 그런 것일 수 있다. 생리통이 너무 심해서 산부인과에 갔다가 시술을 하게 되는 경우가 생각보다 꽤 있더라. 이러니 여성으로서 정기적인 산부인과 초음파 검진은 꼭 필요한 자기 관리 중 하나라고 할 수 있겠다.

#웰컴투산부인과

✖ 알고 먹자, 진통제! 성분별 정리

1   아세트아미노펜: 두통이나 열을 동반할 때 좋다.

2   파마브롬: 이뇨 효과가 있어 붓기를 동반할 때 좋다.

3_1   NSAID 이부프로펜: 생리통의 가장 큰 원인인 프로스타글란딘 호르몬에
      관여한다. 두통이나 열을 동반할 때 좋다.

3_2   NSAID 덱시부프로펜: 이부프로펜의 발전형으로, 이부프로펜 복용 시
      소화불량이 있을 때 복용하면 좋다.

3_3   NSAID 나프록센: 통증이 오래갈 때 좋다.

＊무슨 성분이든 고체형보다 액상형이 효과가 빠르다.

＊상승 작용: 같은 약을 2배로 먹는 것보다, 작용 방식이 다른 약을 추가로 먹는 것이 효
   과가 크다. 위에서 1과 3을 같이 복용한다거나 2와 3을 같이 복용한다거나 하는 식이다.
   3_1, 3_2, 3_3은 작용 방식이 비슷한 성분이므로 이들은 함께 복용해도 상승작용이 없
   다.

생리통 완화하기 대작전 2.
그 외의 방법들

✚✚✚ 경험상 진통제를 제대로 먹는 것이 제일 효과가 크기는 했지만, 다른 여러 가지 방법들도 많이 시도해보았기에 기록해 두려 한다. 이 중 어떤 것은 내게 효과가 있었고, 어떤 것은 효과가 없었다. 그런데 이 또한 사람마다 다른 거라, 일단 모두 적어볼 테니 독자 여러분들께서는 시간을 들여 이것저것 시도해보고, 본인에게 잘 맞는 방법을 찾으시면 될 듯하다.

#언젠간찾겠지_당신만의비법

첫 번째 방법으로는, 거의 모든 여성에게 효과적일 것이라 확신할 수 있는 방법을 소개하려 한다. 바로 배를 따뜻하게 해주는 '물주머니'다. 붙이는 핫팩을 써도 좋지만, 온도가 적당하면서 온기를 넓게 전달해 줄 수 있는 것은 따뜻한 물을 넣어 쓰는 물주머니인 것 같다. 보통 면 커버를 덮어 쓰기 때문에 온기가 짧게 끝나지 않고 오래간다.

나는 독일제 물주머니를 하나 사서 5년째 쓰고 있는데 참 튼튼하다. 면 커버는 가끔 빼서 세탁기에 돌리기만 하면 되고, 내부 청소는 따로 하지 않는데도 냄새 없이 괜찮다. 물을 끓여서 찬물과 8:2 정도로 섞은 뒤 물주머니의 60~70%를 채우고, 공기를 최대한 빼낸 후 뚜껑을 꽉 조여 닫는다. 그렇게 배와 허리에 놓고 지지면 통증이 조금 완화된다. 물의 온도나 양은 그날그날의 컨디션에 따라 조절한다. 외출 중에 쓰기 힘든 건 극복하기 어려운 단점인데, 그래서 생리 중에는 플랜 B로 핫팩을 가지고 다닌다.

다음으로 내가 예상치도 못하게 효과를 본 방법을 소개하자면, 바로 철분제다. 느낌상 생리 중에 저혈압, 빈혈이 좀 심해지는 것 같아서 1년여 동안 먹어 보았는데 웬걸, 생리통이 조금 괜찮아지는 것이 아닌가? 찾아보니 나처럼 철분제를 먹고 생리통에 효과를 본 사람이 적지 않았다. 그런데, 철분제도 진통제처럼 여러 가지의 종류가 있다. 나는 소화기관이 약한 편이라, 비싸지만 소화불량 부작용이 적은 임산부용 철분제를 먹었다. 그래서 매일매일 먹지는 못하고 생리 전 일주일 정도만 정량으로 먹었는데, 그래도 생리통 완화에 효과를 보았다. 지금은 진통제가 역할을 잘해주고 있어 철분제는 더 이상 먹지 않지만, 많이 알려지지 않았으면서도 내가 효과를 본 방법이기에 두 번째로 적어보았다.

#운동은_배신하지_않는다 #주문일뿐

세 번째는 많은 사람이 효과를 보았지만 나는 효과를 보지 못한 방법으로, 요가를 비롯한 규칙적인 운동을 하는 것이다. 나는 고등학생 때 요가를 일주일에 2~3회씩 했고, 대학생 때는 댄스 동아리를 하면서 스트레칭도 많이 하고 몸도 많이 움직였다. 직장인이 된 후에는 다시 요가를 2년 정도 했고, 지금은 PT를 받으며 웨이트 트레이닝을 하고 있다. 그런데도 나는 생리통엔 통 효과를 보지 못하고 있다. 운동하면 생리통도 좋아질 수 있다는 신화에 찬물을 끼얹는 격이다. 그래도 전반적인 건강을 위해 운동은 필수적이므로, 나는 운동을 계속 이어나갈 것이다.

네 번째 방법은 현대인으로서 정말 실천하기 어렵지만, 그 어려운 걸 해낸 분들의 후기로는 정말 효과가 좋다는 방법이다. 바로 플라스틱 줄이기와 건강한 식습관이다. 그런데 나도 이건 일주일 이상 실천해보지 못했다. 온갖 인공 물질에 둘러싸인 바쁜 현대인이 어떻게 모든 플라스틱과 인스턴트를 피할 수 있느냐 말이다. 제일 피하기 어려운 것부터 나열하자면, 종이컵 안쪽에 코팅된 것도 플라스틱이고, 생수통도 플라스틱이며, 칫솔도 플라스틱, 핸드폰 케이스도 플라스틱, 플라

스틱, 플라스틱…. 주변에서 쉽게 사용하는 모든 것이 플라스틱이다. 그리고 라면도 인스턴트, 피자도 인스턴트, 참치 캔도 인스턴트, 핫도그도 인스턴트, 인스턴트, 인스턴트…. 바쁜 현대인으로서 인스턴트 식품을 먹지 않고 살기란 꽤 어려운 일이다. 그래도 이 모든 것을 최대한 줄이면 생리통 완화에 크게 도움이 된다고 하니 참고하면 좋겠다.

모두 시도해 보고 각자에게 맞는 방법을 찾으려면 긴 시간이 필요하겠지만, 부디 진통제 이외에도 본인만의 생리통 완화 비법을 만나게 되시길 소망한다. 나와 잘 맞는 방법을 찾을 때까지….

그런데, 생리 불편을 해결하려는 모든 시도와 관련해서 꼭 미리 다짐(?)해야 하는 것이 있다. 바로 인내심과 관찰 기록이다. 생리를 보통 한 달에 한 번 꼴로 겪다 보니, 불편을 해결하기 위한 새로운 방법이 나와 맞는지 확인하려면 최소 3~6개월은 걸리는 것 같다. 생리할 때 시도해보고, 또 몇 주 기다렸다가 한 번 더 시도해보고, 또 몇 주 기다렸다가 한 번 더 시도해보고, 또 기다렸다가, 시도했다가, 기다렸다가….

그리고 그렇게 시간이 지나는 동안 웬만한 인내심과 기억력이 아니고서는 시도를 아예 포기하거나, 새로운 방식을 도입한 이후 변화하는 나의 상태를 잊어버리기가 쉽다. 생리통 완화를 위해 요가 센터를 등록했는데 몇 번 안 가 포기하게 된다거나, 생리통이 심할 때 쓰려고 물주머니를 사놓았는데 쓰려고 보니 어디 있는지 모르겠다거나 하는 일 말이다(경험담이다!).

게다가 몇 번의 시도 중 한두 번은 심하게 스트레스를 받는 일이 생긴다거나, 다른 곳이 동시에 아프다거나 하는 특수한 상황이 생겨서 제대로 변화를 느끼기 어려울 수도 있다. 그러면 또 동기 부여가 안 되어 '뭣 하러 이 고생을 또하고 있나.'라든가 '내가 왜 이 돈을 들여 이 짓을 하고 있나.' 하는 생각으로 포기하게 된다. 뭐든 몇 개월은 해봐야 내 몸의 변화를 알아챌 수 있는데, 그 전에 인내심이 떨어져 버리는 것이다. 그러니 효과가 어떻든 몇 개월은 무조건 해보자는 다짐과, 변화를 추적하기 쉽도록 사용기와 변화기를 적어 놓는 관찰 기록이 꼭 필요하다.

#인내심파이팅 #저자생존_저는자가살아남는다 #사실_
다짐필요없는사람부러워 #부러우면지는거다 #졌다

어느 날의 응급실 일기 1

※심한 생리통으로 응급실에 실려 갔던 날의 이야기를
일기식으로 재구성한 것이다.

2020년 X월 X일

그렇게 아팠는데 '몸에는 이상이 없다'고 한다.

어차피 이런 말을 듣게 될 것 같아서 병원에는 가지 않으려고 했다. 병원에 가지 않고 진통제로 버티나 병원에 가서 진통제로 버티나 같을 것이라는 걸 알고 있었다. 그래도 씁쓸하고 허무한 웃음이 터져 나오는 것을 막을 수는 없었다.

오늘 아침부터 컨디션이 영 아니었다.

역시나 점심 식사 직전에 생리가 터지더니, 또 배가 찢어지는 듯한 고통이 찾아왔다. 챙겨 온 진통제를 재빨리 두 알 털어 넣었지만 이번 괴물은 쉬이 다스려지지 않았다. 일이 손에 잡히기는커녕, 속도 울렁거리고 식은땀이 나서 제대로 앉아 있기조차 힘들었다.

'병원에 가볼까? 가도 별 방법은 없다고 하던데 더 센 진통제를 주는 건가? 그런데 접수하고 기다리던 중에 괜찮아지면 어떡하지? 병원보단 집이 낫겠다.' '생리휴가가 있기는 하던데 이번에 써볼까? 생리인 걸 증명하라고 하려나? 증명은 대체 어떻게 해야 하는 거지? 나중에 불이익 있는 거 아니야?'

이런저런 생각만 하다가 생리대를 갈아야 할 것 같아 몸을 일으킨 순간, 다리에 힘이 풀려 주저앉아 버렸다. 당연히 모두의 시선 집중.

"ㅇㅇ씨, 괜찮아?!"

모두가 쳐다보는 것이 당황스럽고 민망해서 괜찮다고 벌떡 일어나고 싶었지만 몸도 입도 제대로 움직여주지 않았다. 그냥 너무 배가 아팠다.

결국 동료의 도움으로 응급실에 오게 되었고, 혹시나 몸에 문제가 있어서 생리통이 심할 수도 있다는 동료의 말에 혈액 검사, 소변 검사, 초음파 검사도 해 보았다. 그리고 결과는 '정상', 처방은 '링거'. 괜히 동료 앞에서 '성 경험, 임신 계획이나 가능성이 있냐.'는 질문에 답하느라 얼굴만 뜨거웠다.

시간이 지나 결국 고통이 옅어지기는 했는데, 내 몸이 정상이라면 아까 느낀 그 끔찍한 고통은 대체 뭘까. 몸에 이상이 없다니까 다행이라고 생각해야 하나? 아니, 이걸 이상이 없다고 말해도 되는 건가? 아픈데 정상이라니. '아프니까 청춘이다'도 아니고 말이야.

정말 지치고 피곤하다. 그래도 내일 미팅 전에 마무리할 자료가 있어 발은 다시 회사로 향한다. 내일 궁금해하는 사람들에게 겸연쩍게 '정상이래요.'라고 말했을 때 꾀병 취급을 하진 않을까 하는 약간의 걱정과 함께.

어느 날의 응급실 일기 2

2020년 2월 2일

컨디션이 좋지 않은 날이었나? '한숨 푹 자고 일어나면 괜찮겠지' 하며 잠자리에 든 지 3시간 뒤. 웬만하면 잘 깨지 않는 나로서는 잠에서 깬 것이 불쾌했다. 갑자기 아랫배에 밀려오는 통증에 소화까지 되지 않는구나 싶어 화장실로 향했다. 바지를 내리고 변기에 앉자마자 통증은 초 단위로 배가 되었고, 순식간에 찾아온 극한의 통증에 패닉이 되었다.

평소 겪어보지 못한 통증에 나는 무언가 잘못되었다는 생각을 했다. 장이 꼬인 건가, 자궁이 파열됐나, 맹장이 터졌나? 찰나의 생각들이 스쳐 갈 때, 더 이상 통증은 내가 이성을 챙길 수 있을 정도가 아니었다. 일단 진통제가 필요했으나 내가 할 수 있는 것은 두 손으로 벽을 부여잡고 눈물을 뚝뚝 흘리는 것뿐이었다. 진통제가 있는 거실까지 나가기도 힘들었다.

살기 위해서는 도움이 필요하겠구나. 호흡하는 것도 가빴으나 엄마를 필사적으로 불렀다. "어… 엄마…. 엄마!" 옆방의 엄마가 눈을 반쯤 뜨고 달려왔고, 겨우 진통제를 먹을 수 있었다. 그런데 아뿔싸, 평소에 내가 먹는 진통제는 천천히 녹는 서방정(장시간에 걸쳐 서서히 약효가 방출되는 제형). 약을 먹고 20분이 지났으나 통증은 나을 기미를 보이지 않았고 나는 여전히 데굴데굴 구르고 있었다. 그때 소량의 하혈이 있다는 것을 알게 되었고, 원인이 자궁이란 걸 알았다.

근데 이건 생리통이 아니야. 이렇게 아플 리가 없어. 결국 새벽 4시에 119를 불렀다. 일단은 살아야 하니까….

구급차 안에서 구조대원은 코로나19 대응을 위해 방호복을 입고 있었다. 응급실에 도착하면 우선 코로나 검사를 받아야 한다고 했고, 나는 코로나 검사를 위해 응급실 앞의 선별진료소에서 대기를 했다.

몇 분이 흘렀을까…. 번호표를 들고 아파하는 나에게 검사를 안내하는 사람은 없었고, 분주하게 흰 옷을 입고 이리저리 뛰어다니는 사람들만 보였다.

결국 30분이 지나도록 검사를 받지 못했고, 동이 터왔고, 진통제의 효과가 나타나기 시작했다. 아, 생리통 맞았나 봐… ㅋ 생리통이 이 정도로 오기도 하는 건가. 어쨌든 자동으로 결론은 내려졌다. 여기서 계속 대기하느니 원래 가던 산부인과를 아침 일찍 가는 것이 낫겠구나.

그런데 집에 오니 새벽 6시였다. 내가 원래 출근하는 시간이다. 그날은 평가와 회의가 몰려 있어 다른 사람이 나를 대체할 수 없는 날이었기에 산부인과 진료는 미룰 수밖에 없었다. 참 기나긴 밤이었다….

5장

생리용품 유목민의
인체 실험기 및 정착기

(feat. 내돈내산)

전 남친 같은,
다신 안 만나고 싶은 너,
일회용 화학생리대

✚✚✚ 초경을 하고 엄마에게 배운 첫 생리용품은 날개형 화학 생리대였다. 아마 한국에 사는 대부분의 여성들이 이 생리대를 쓰고 있을 것이다. 그리고 이런 불편함을 느끼고 있을 것이다(나는 다 겪었다).

- 생리대는 너무 축축해. 특히 여름에!
- 그래서 가끔은 피부가 짓물러.
- 생리대 갈 때 냄새가 나서 역하고 찝찝해.
- 따뜻한 굴 낳는 느낌, 싫어!

#굳낡는느낌극혐

- 사타구니가 가렵거나 여드름 같은 염증이 나.
- 질 건조증이 생기거나 질염이 생겨.
- 환경 오염에 기여하는 것 같아.

(나는 남들보다 길게 8~9일 동안 생리를 해서 더 많이 환경에 미안했다.)

물론 화학생리대는 위대한 발명품이다. 생리 기간에 외출하기 어려웠던 여성들이 사회생활을 할 수 있도록 도와준 위대한 물건이다. 간편하디 간편하다. 생리대를 자주 갈 수 있는 환경에 생리대 비용이 부담되지 않는 경제적 사정이라면 위의 단점들이 그리 크게 느껴지지 않을 수도 있다. 그러나 내게는 화학생리대의 단점들이 너무 크게 다가왔고, 안 그래도 힘든 생리를 더 힘들게 만드는 요인이 되었다. 그리고 혹시나 해서 말하자면, '순면' 혹은 '유기농' 생리대라고 해서 '생리대가 순면·유기농으로만 이루어졌군!' 하고 무조건 믿어서는 안 된다. 보통 겉 커버만 순면·유기농인 경우가 대부분이고, 흡수체나 접착제, 방수층 등은 내 피부나 질 건강에 안 맞는 화학 물질로 이루어졌을 수 있다. 생리대를 구입할 때 패키지에서 전 성분을 확인할 수 있으니 확인해보면 좋다. 나의 경우 생리대에 쓰이는 화학 물질들이 내 피부, 질에 맞지 않았다.

#그동안(안)즐거웠고_다시는보지말자 #너말이야_화학 생리대

그래서 언젠가 '유기농'을 강조한 생리대를 사보았다. 유기농 100% 순면 커버라는 점을 강조한 생리대가 정말 많았다. 그런데 전 성분을 자세히 살펴보니 '커버'만 유기농, 순면인 경우가 대부분이었다. 심지어 어느 생리대의 성분 표시는 좀 기만적이라고도 느꼈는데, '커버만 Organic Cotton'이라고 영어로, 그것도 구석에 작게 적어놓았더라(Organic cotton 은 유기농 순면을 의미한다).

#아직도내가순면으로보이니

그래도, 전 성분을 살펴봐도 고개를 끄덕일 만큼 화학 물질을 최대한 배제한 생리대가 소수 있긴 있었다. 가격이 비싼 건 흠이지만, 어쨌든 있긴 있다!

유기농이며 순면이며 이름을 붙인 것과는 상관없이 많은 생리대에서 발견된 흡수체 및 접착제, 방수층 화학 성분들은 아래와 같다.

• 고분자 흡수체
(ex. 아크릴산 나트륨 공중합체, 스티렌부타디엔 공중합체)
• 열 용융형 접착제
• 폴리에틸렌필름(방수층)

✖ 생리를 하지 않는 남성 독자 여러분들은 이렇게 상상하며 읽어보세요.

겨드랑이에서 피가 나는 일주일 동안, 면 부직포+화학적 흡수체로 된 일회용품 패드를 쓴다. 항시 축축하다. 3~5시간마다 갈아주어야 하는데 시간을 넘기면 이상한 냄새가 심하게 난다. 진득하고 뜨뜻한 점액질의 콧물 덩어리처럼 핏덩이가 뚝 떨어지는 것이 느껴진다.

사용하고 나면 간혹 부위가 가렵거나 여드름 같은 염증이 난다. 혹은 건조증이 생긴다. 하루에 아무리 적어도 6개를 쓰는데, 버릴 때마다 환경에게 좀 미안하다(보통은 7~8개).

첫인상만 좋았으면
잘될 수도 있었을 너,
일회용 탐폰

✛✛✛ 중학생 때 가족과 수영을 하러 갔는데 예상치 못하게 생리가 터져서 엄마가 탐폰을 알려주었다. 그때가 나와 탐폰의 첫 만남이었다.

#어서와_탐폰은처음이지

탐폰과의 첫 만남은 굉장히 아팠다. 그때까지 나는 질과 요도가 다른 구멍인지도 모르고 살았고, 질 안에 무언가를 삽입하는 것도 처음이었기 때문이다. 질에 무언가를 삽입할 때에는 구멍의 위치를 찾는 것과 삽입 각도를 아는 것이 중요한데, 나는 둘 중 하나도 모르는 채로 탐폰을 시도해야 했다(하지만 독자 여러분들은 겁내지 마시라! 본인의 질 구멍 위치와 각도를 살살 알아본 후에 탐폰을 시도하면 첫 시도에도 안 아플 수 있다).

#칼각맞춰넣자

어쨌든 나는 물놀이를 엄청나게 좋아했었기 때문에 탐폰을 꼭 성공하고 싶었고, 시도 중에 여기저기를 찌르며 많이 아팠지만 어떻게든 삽입에 성공하여 물놀이를 신나게 즐겼다.

그래도 탐폰을 넣는 과정은 무서운 경험으로 남았고, 그래서 나는 한동안 탐폰을 다시 시도하지 못했다. 그러다 성인이 되어 한두 번 더 사용해 보았는데, 삽입이 익숙해지니 편하긴 편했다! 역시 질 입구의 위치와 각도를 제대로 아는 것이 중요했다. 아, 그리고 탐폰도 사이즈가 다양해서, 나의 질 길이와 생리량에 맞는 탐폰 두께와 길이를 찾는 것도 중요했다(나는 크레파스 정도 크기의 탐폰이 맞다).

탐폰을 제대로 써보니 '굴 낳는 느낌'을 느끼지 않아도 되고, 생리 중에도 수영을 할 수 있다는 점이 특히 좋았다. 그러나 탐폰을 갈 때도 여전히 싫은 냄새를 맡아야 했고, 사용 후 질 건조증이 가끔 있었으며, 환경에 대한 미안함이 해소되지 못했다. 그리고 결정적으로 8시간 이상 사용 시 독성 쇼크 증후군 위험이 증가한다는데, 나는 10시간을 넘게 자는 날도 많기 때문에(본투비 잠순이) 위험할까 봐 무서워서 쓰지 못했다. 그래서 지금은 평소에 가지고 다니다가 갑자기 생리가 터질 때만 쓰고 있다.

현재 많은 여성이 1회용 화학생리대 대용품으로 탐폰을 사용하고 있다. 그리고 서양에서는 어린 나이부터 탐폰을 쓴다. 독자 여러분들도 직접 시도해 보시고 자신과 맞는지 확인해보시는 것을 추천한다. 참고로, 모든 탐폰이 그렇지는 않지만, 흡수체가 탈지면 100%로 이루어진 탐폰이 존재하는 것을 확인했다! 그리고 일회용 탐폰뿐만 아니라, 해면, 스펀지 등으로 만든(열탕 소독하거나 빨아 쓰는) 다회용 탐폰도 존재한다.

✖ 탐폰이란?

#나무서운사람_아니_도구아니야

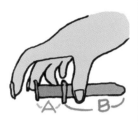

주사기처럼 생겼다.

그림처럼 잡고 B를 질에 삽입한 뒤, A를 눌러 A를 B에 넣는다. 그 다음에 B의 끝을 잡고 빼면, A만 질 안에 남아 피를 흡수한다.

탐폰을 착용하고 있는 동안은 질 밖으로 피가 새지 않는다.

#팬티뽀송뽀송

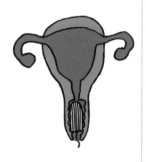

뺄 때는 A에 달린 꼬리를 당겨 뺀다.

참고로, 탐폰이 안착하는 질 내부 부분은 감각을 느끼지 못하기 때문에 제대로 삽입된 탐폰이라면 착용감이 느껴지지 않는다(질 입구 부분은 감각이 있다. 탐폰을 생각보다 안쪽으로 넣어야 제대로 착용하는 것이다). 그리고 질은 수축과 이완을 굉장히 잘하는 근육이기 때문에, 탐폰이 들어가면 질 근육이 탐폰을 완전하게 감싼다. 즉, 탐폰이 안에서 이리저리 움직이지 않는다!

탐폰을 쓰면 처녀막이 뚫리는 것 아닌가요?

단도직입적으로 대답부터 하면
"뚫리지 않습니다. 왜냐하면 뚫릴 수가 없거든요!"

#안뚫리는거아니고_못뚫리는거

처녀막이라는 이름 때문에 이런 안타까운 질문을 많이들 하게 된다. 그리고 이 질문의 이면에는 '그냥 막도 아니고 처녀막이라는데, 처녀막은 첫 경험에 뚫려야 하는데 탐폰 때문에 미리 처녀성을 잃는 것은 아닐까?'라는 더 안타까운 걱정이 담겨 있다. 사실 나도 처음엔 이 처녀막이라는 것 때문에 탐폰을 쓸 때 조금 무섭고 걱정스러웠다. 그런데 흔히 말하는 이 처녀막은 사실 막혀 있는 막이 아니다! 이름이 좀(많이) 오해를 불러일으키게 생겨 먹었는데, 처녀막은 옆의 그림처럼 질 입구를 둘러싼 부분을 가리키는 단어로, 질 입구를 막지 않는다.

#이름누가지었니 #영어뜻도_그냥_막_HYMEN임

사람마다 처녀막의 모양이 다르긴 하지만 질 입구를 꽉 막아버리는 처녀막은 존재하지 않는다. 만약 존재한다면 수술이 필요한 아주 드문 케이스다. 그리고 만약 처녀막이 질 입구를 막는다면, 생리혈은 도대체 어디에서 배출되고 있는 것인가?

처녀막을 용어로 설명하자면 어려우니, 일상 속 예시들로 쉽게 설명해보겠다.

질 입구과 처녀막은 말하자면, 우리의 콧구멍 같은 것이다. 콧구멍에 50원, 100원짜리 동전을 넣는다고 해서(폭력적으로 쑤셔 넣지 않는 이상) 콧구멍 주변 살점이 찢어지거나 뚫리지 않는다. 콧구멍은 그냥 늘어날 뿐이다. 이처럼, 여성의 질 입구에 탐폰을 넣는다고 해서 그 주변의 처녀막이 찢어지거나 뚫리지 않는다.

좀 더 정확한 설명을 위하여 이번에는 콩알만 한 구멍이 난 니트를 예로 들어보겠다. 이 니트 구멍으로 크레파스를 통과시키는 모습을 상상해보자. 크레파스를 그 콩알만 한 니트 구멍에 넣으면 과연 그 주변의 천이 뚫리거나 찢어질까? NO. 그냥 원래 있던 구멍이 크레파스 크기에 맞춰서 커진다. 니트는 신축성이 있으니까 말이다.

여기서 그 콩알만 한 구멍은 바로 여성의 '질 입구'이고, 구멍 주변의 니트가 '처녀막'이다. 실제로 크레파스만 한 사이즈인 탐폰을 질 입구로 넣으면, 그냥 질 입구가 그 크기에 맞추어 커지고 구멍 주변의 처녀막은 신축성 있게 늘어난다. 그래서 처녀막은 애초에 뚫릴 수가 없는 것이다. 탐폰이 들어갈 질 입구는 따로 있고, 처녀막은 그 입구 주변 부분일 뿐이기 때문이다.

그리고 사실, 처녀막은 탐폰을 쓰지 않더라도 그냥 살아가는 과정에서(걷고 달리는 등의 일상 활동을 하면서) 모양이 변한다. 구멍 난 니트를 입고만 다녀도 구멍이 점점 커지듯이 말이다.

만약 탐폰을 넣는데 너무 아프다면 그건 처녀막이 찢어지거나 뚫려서 그런 것이 아니라(처녀막에는 통증을 느끼게 하

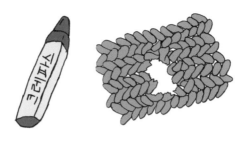

는 신경 조직 자체가 없다!), 그저 본인이 질의 각도를 잘못 알고 다른 곳을 찌르고 있기 때문이다. 바로 아래의 왼쪽 그림처럼 말이다!

#칸각중요하댔지 #살을찌르면_당연히아프지

그러니 다른 각도로 다시 넣어보도록 하자. 그러다 보면 오른쪽 그림처럼, 맞는 각도를 찾을 수 있을 것이다.

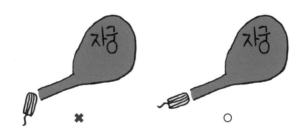

단, 이런 경우가 있을 수도 있다. 앞서 설명한 것처럼 처녀막을 니트로 표현했을 때, 처녀막이 질 중앙에 거미줄처럼 엮여 있는 경우다.

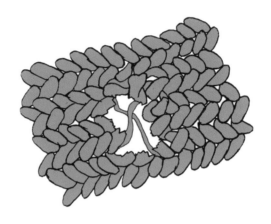

이런 경우 구멍에 무언가 들어가려면 구멍을 엮고 있는 실 부분이 끊어져야 한다. 처녀막이 이렇게 생긴 여성이라면 탐폰을 처음 사용할 때(어쨌든 원래 뚫려 있기는 했으므로) '처녀막이 뚫리는' 것은 아니지만 중간 점막 부분이 끊어질 수는 있다. 물론 실이 끊어지고 다시 이어지지 않듯이, 점막도 한 번 끊어지고 말기 때문에 탐폰을 쓸 때마다 그런 것은 아니다. 그리고 이 부분을 비롯한 처녀막은 꼭 탐폰 같은 것이 아니더라도 일상생활 속에서 변형을 겪을 수 있다!

내가 써본 탐폰

화이트 탐폰

흡수체가 정제레이온으로 되어 있다. 화학 물질이라 급할 때가 아니면 굳이 쓰지 않으려 한다. 그래도 어플리케이터 끝부분이 가장 둥글어서 삽입하기 편하게 되어 있고 잡는 부분도 고무라 미끄러지지 않는다. 가격도 가장 저렴하다.

동아제약 템포

흡수체가 순면(탈지면)으로 되어 있다. 가격도 성분도 가장 무난하여 이곳에 정착~! 다만 어플리케이터가 플라스틱이라 버릴 때마다 약간 죄책감이 든다.(이 점은 화이트 탐폰도 마찬가지ㅠ) 외국에서는 디지털 탐폰이라고 해서 어플리케이터 없이 본체만 있는 탐폰도 있다는데, 직구를 해볼까도 싶다.

나트라케어

흡수체가 유기농 순면으로 되어 있다. 개인적으로 유기농이라는 타이틀에 집착하지 않는 편이라 이 점을 중시하지는 않았다. 그보다는 포장지나 어플리케이터가 종이라는 점이 좋았다. 다만 종이 어플리케이터는 좀 불편했고, 가격이 사악하여 차마 계속 쓰진 못하고 있다. 공식 홈페이지에서 어플리케이터 없는 버전으로도 팔고 있다.

남이 써본 탐폰

- 여러 사람의 리뷰를 종합한 것으로, 한 사람이 모든 장단점을 겪지는 않을 수 있음.

장점

운동이나 물놀이가 가능하다.

몸에 붙는 옷을 입어도 티가 안 난다.

패드생리대처럼 움직이지 않는다.

작아서 보관하기도 휴대하기도 좋다.

찝찝하지 않다.

굴 낳는 느낌이 없다.

대안 용품 중에 제일 구매하기 쉽다.

패드생리대보다는 착용 시간이 길다(덜 갈아도 된다).

단점

가는 걸 까먹을 때가 있다.

탐폰 뺄 때 느낌이 너무 이상하다.

끈을 어떻게 처리해야 할지 고민된다.

질 입구가 건조한 사람은 초반에 약간 건조한 느낌이 날 수 있다.

주의! 탐폰의 흡수력이 높을수록 좋은 것은 아니다. 탐폰 광고를 보다 보면, 흡수력이 타 브랜드보다 좋다고 홍보하는 경우를 종종 볼 수 있다. 그런데, 탐폰은 본인의 상황에 맞게 쓰는 것이 중요하지, 흡수력이 높다고 무조건 좋은 것은 아니다. 만약 생리량이 적은 편인데 흡수력이 높은 탐폰을 쓴다면, 질 내 수분까지 모두 다 빨아들여 질 건조증이 올 수 있다. 그리고 흡수력이 높으면 새지 않으니 더 오래 착용하게 되는데, 이는 오랜 시간 착용 시 발생할 수 있는 독성 쇼크 증후군의 위험성을 높인다.

5년이나 진하게 만나던 너, 일회용이 아니에요, 면생리대!

✛✛✛ 몇 년 전 화학생리대 유해 파동이 있은 후, 면생리대가 유명해졌다. 면생리대를 5년 동안 썼던 사람으로서 면생리대 의 존재감이 커지는 것이 참 반갑다. 일회용 화학생리대만이 전부이던 세상에서, 이제 다른 생리용품 대안을 탐색해보는 시작이 되어주었기 때문이다.

나는 7~8년 전에 면생리대를 처음 만났다. 처음에는 면 생리대를 쓰면 생리통이 완화된다는 말에 급히 충동적으로 구매하였다. 그날이 아직도 생각난다. 생리 첫날이었고, 나 는 아파서 움직일 수조차 없었기에 남자 친구에게 사와 달라고 하였다(TMI로 그 남자 친구는 지금 남편인데, 여하튼 참 고마웠다).

기대와는 달리 생리통에는 별 효과를 보지 못했는데, 웬걸! 생각지도 못한 다른 장점들 때문에 면생리대를 5년이나 쭉 쓰게 되었다! 면생리대로 바꾸고 생리통이 완화되었다는 사람들도 많다. 사람마다 생리통의 이유가 다르기 때문이니 독자 여러분들도 직접 시도해보아야 본인에게 맞는 게 무엇인지 알 수 있을 것이다.

#어쩌다마주친_면생리대에_내마음은빼앗겨버렸네

우선 생리가 '역하다, 더럽다'는 생각이 바뀌었다. 생리하는 여성이라면 알 것이다. 생리대를 갈 때 훅 끼치는 그 기분 나쁜 냄새를. 그래서 면생리대를 사놓고도 고민스러운 것이 빨래였다. 이걸 어떻게 손으로 빠나…. 아기 똥 기저귀를 손으로 빨아야 하는 것처럼 느껴졌다.

#내가더러워?_피 #내_몸에서_나온건데

그런데 날 기분 나쁘게 만들던 그 냄새는 생리혈 자체의 냄새가 아니라, 화학생리대의 화학 물질들이 피와 만나며 만드는 냄새였다! 면생리대를 쓰면서는 그런 냄새를 맡은 적이 없다. 생리혈 그 자체는 냄새가 거의 없거나, 철봉에서 나는 철 비슷한 냄새가 살짝 날 뿐이었다(피에는 철분, 즉 철이 들어 있기 때문이다). 빨래 전 피가 묻은 면생리대에서도 역한 냄새는커녕 빨랫비누 냄새나 철봉 냄새 정도가 살짝 난다. 그래서 면생리대를 빨래하는 것이 몇 달 만에 아무렇지 않아졌다. 비유하자면, 아기 똥 기저귀를 빠는 느낌이 아니라, 그냥 커피가 묻은 팬티를 빠는 느낌이다. 면생리대를 외부에서 갈고 파우치에 넣어 가방 속에 들고 다니는 것도, 피를 손에 묻히며 손빨래하는 것도 아무렇지 않다. 그냥 칼에 손바닥이 베여서 나는 피와 생리혈이 같은 피처럼 느껴진다(빨간색이 무서울 때도 있기는 한데 더 이상 더럽게 느껴지지는 않는다는 이야기다).

아, 어느 날 외부에서 생리가 터지는 바람에 화학생리대를 다시 써본 적이 있는데, 오랜만에 맡아보는 역한 냄새에 매우 놀랐다. 대체 그동안 어떻게 이런 냄새를 맡으며 지냈던 걸까 억울하면서도 이젠 그러지 않아도 되어서 참 다행이라는 감정이 교차했던 기억이 난다.

그리고 이와 관련된 또 다른 장점이 있었는데, 바로 생리하는 나 자신에 대한 부정적인 감정도 없어졌다는 것이다. 내게는 생리를 할 때마다 느껴지는 수치심이 있었는데, 상당 부분이 생리대를 갈 때 맡는 냄새 때문이었다. 생리 기간 동안 '나는 이런 냄새가 나는 사람이다.'라는 생각이 나를 움츠러들게 했었다. 하지만 이제는 냄새 날까 봐 걱정할 일이 없다!

또 다른 장점을 소개해 보자면, 화학생리대를 쓸 때 매달 건조증과 가려움이 심했는데, 이 문제들이 뜸해졌다. 인공적으로 흡수하려는 화학적 흡수체가 없고 그냥 전체가 순면이기 때문인 듯하다. 화학생리대는 간편하지만 화학적 흡수체가 들어 있어 사타구니를 건조하게 만드는 반면, 면생리대는 피가 떨어지면 받아내고 떨어지면 받아내고 할 뿐이다.

그리고 이건 나에게만 해당하는 장점일 수도 있는데, 나는 4~5일째까지만 생리다운 생리가 나오고, 이후 4~5일은 '이건 뭐 생리를 한다고 볼 양은 아닌데 또 피가 묻긴 묻으니까 생리대를 안 할 수는 없는' 기간이었다. 이 후자의 4~5일 동안 화학생리대를 쓰는 것은 훨씬 더 가렵고, 건조하고, 환경 오염의 자책감이 드는 일이었다. 그런데 면생리대는 후자의 4~5일 동안 하루에 3~4개만 써도 가렵지도, 건조하지도 않았다. 화학적 흡수체가 없어 그런지 통풍이 잘되어 그런지는 모르겠지만, 피의 부패가 느렸다.

물론, 면생리대를 손빨래하는 것이 귀찮고 힘들긴 하다.

#솔직히손빨래는귀찮아요_거짓말은나쁘니까

그래도 못할 짓은 아니다. 나도 5년이나 했다!

남이 써본 면생리대

• 여러 사람의 리뷰를 종합한 것으로, 한 사람이 모든 장단점을 겪지는 않을 수 있음.

장점

생리 전 증후군과 생리통이 드라마틱하게 줄었다.

뒷면 디자인이 다양하고 예쁘다.

촉감이 부드럽다.

초기 비용은 높지만 더 이상 돈이 들지 않는다.

냄새가 나지 않는다.

피부 짓무름이 없다.

쓰레기가 없다.

단점

생리량이 많은 편이라 빨 것이 너무 많다.

햇볕에 말리는 것이 좋은데 집에 볕이 잘 안 든다.

조금씩이지만 생리대에 착색이 생긴다.

화학생리대보단 덜하지만 여전히 찝찝하다.

Would you marry me?
쭉 함께하고 싶은 너,
마지막 정착지 생리컵!

✛✛✛ 면생리대 5년 차에 접어들 무렵, 손빨래가 점점 귀찮아지기 시작했다. 직장을 다니면서 8~9일씩이나 손빨래를 하려니 귀찮은 것이 당연하지. 게다가, 손빨래를 할 때(피가 잘 빠지라고) 보통 찬물을 쓰는데, 이놈의 수족냉증 때문에 빨래를 하고 나면 손이 너무너무 시려웠다.

그러다 생리컵을 쓰면 생리 기간이 2~3일 줄어든다는 이야기를 들었다! 정말 혹하는 이야기였다. 사실 생리량으로 따졌을 때 나는 생리다운 생리를 하는 기간이 앞 4~5일밖에 안 되니까 말이다. 궁금해서 더 알아보니 생리 기간 중 뒷 4~5일은 소위 '잔혈 처리' 기간으로, 자궁에서 나온 피가 질 주름을 타고 흐르며 끼어 있다가 천천히 배출되는 기간이었다. 그래서 생리컵을 쓰면 자궁경부에서 나오는 피를 생리컵이 바로 받아 내고, 질 주름에 잔혈이 끼지 않아 그 잔혈 처리 기간이 없어지는 것이다.

#기적이있다면그게너일까 #생리컵찬양

그래서 생리컵을 한번 사 보았다. 좋다고 하는 건 다 해봐야 조금이라도 불편을 줄일 수 있으니 말이다. 처음에는 나의 질에 이렇게 커다란 무언가를 스스로 넣는다는 것이 너무 어렵게 느껴졌다. 그러나 내게 맞는 자세를 찾고, 긴장을 풀고, 질에 손가락 넣는 것을 자연스럽게 여기게 되면서, 3회 차쯤 부터 컵을 넣고 빼는 것은 별일이 아니게 되었다. 물론, 손톱을 잘 깎아 질 내벽에 상처가 안 생기게 조심해야 한다!

#진입장벽만_잘넘어봐요

생리컵은 컵 모양으로 질에 들어가 자궁경부에서 떨어지

는 피를 바로 받아 낸다. 재질은 의료용 실리콘이나 천연 고무인 경우가 많다. 넣을 때는 다양한 방식으로 접어서 질에 삽입하고, 뺄 때는 손가락을 질에 넣어 진공 상태를 해제해준 뒤 컵 아랫부분을 잡고 살살 뺀다.

참고로 누워도, 물구나무를 서도, 피가 자궁으로 역류하지 않는다. 일단 자궁경부가 매우 좁고, 손바닥에 피가 났을 때 손바닥을 위로 향하게 했다고 피가 상처 속으로 다시 들어가지 않는 것과 같다.

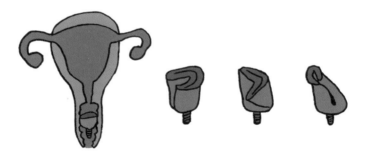

결론부터 말하자면, 나는 생리컵의 사용 목표를 달성했다! 생리컵을 사용하니 실제로 생리가 8~9일에서 5~6일로 단축되었다.(여기서 호르몬제를 먹으며 하루 더 단축) 정말 정말 정말! 너무너무! 감동적이다!

#개발자한테_노벨상주자

간혹 생리컵을 넣으면 몸에 무언가 들어 있는 것이 느껴져 더 불편하지 않냐고 묻는 사람도 있다. 그런데 탐폰과 마찬가지로, 질 안쪽 내벽은 감각을 느끼지 못하기 때문에 컵을 제대로 넣으면 내 몸 안에 있다는 것을 까먹을 정도로 느껴지지 않는다. 불편한 것이 문제가 아니라, 오히려 까먹는 것이 문제다. 기억을 잘하고 있어야 한다. '난 생리 중이다! 생리컵을 갈아야 한다!' 하고 말이다. 실제로 나는 한 번 까먹어서 14시간 만에 뺀 적이 있다….

#장점인듯장점아닌장점같은너 #혹은_단점인듯단점아닌단점같은너

그리고 사이즈가 맞는 생리컵을 쓰기만 한다면, 생리컵 또한 제대로 삽입된 이후엔 안에서 이리저리 움직이지 않는다 (기억하죠, 질의 신축성?).

하나 더, 엄청난 장점을 추가하자면 소변을 볼 때 다른 그 어떤 생리용품보다도 상쾌한 소변 시간을 가질 수 있다. 나는 피가 묻어 있는 생리대를 소변 후 다시 입는 것이 정말 싫었다 (화장실 가는 타이밍과 생리대 가는 타이밍을 맞추려고 노력하긴 했지만, 항상 그렇진 못해서⋯). 더 적나라하게 이야기하자면, 소변을 보는 동안 생리대에 묻은 피가 좀 차가워지고, 다시 팬티를 입을 때 느껴지는 그 차가움이 너무너무 싫었다. 그래서 별명이 물 먹는 하마인 내가 생리 기간 중에는 거의 물을 마시지 않았다.

#생리중에화장실가면_얼마나힘든게요 #그런데생리컵쓰면괜찮아_아주괜찮아

그런데 생리컵을 쓰고부터는, 소변을 보는 데 아무런 거리낌이 없다! 소변 후 생리대가 없는 뽀송한 팬티를 그냥 입으면 되기 때문이다.(첫째 날은 항상 조금 새서 면 팬티라이너를 쓰기는 하지만, 그 정도야!)

참, 소변 얘기가 나와서 말인데, 탐폰을 쓴다면 실(꼬리)을 엉덩이 뒤쪽으로 당김으로써 실에 소변이 묻지 않게 할 수 있다. 친구에게 들은 꿀팁이다!

그런데 생리컵을 낀 채로 대변을 보는 것에는 좀 더 적응

시간이 걸렸다. 대변은(내가 변비라서 더더욱) 복압이 많이 높아지고, 그러다 보니 생리컵이 살짝 질 아래쪽으로 내려오는 게 느껴진다. 특히 생리컵 삽입이 살짝 비뚤게 들어갔을 땐 더욱 그렇다. 내 안의 생리컵과 노폐물이 같이 내려가는 느낌에 익숙해지는 데에는 다섯 달 정도가 걸렸다. 그래도 이제는 모두 편하게 처리하고 있다.

생리컵에 대한 찬양

첫째, 생리 중에 습한 사타구니 느낌을 겪지 않아도 된다. 축축한 무언가가 계속 사타구니에 붙어 있는 느낌은 참 겪어도 겪어도 불쾌한데, 그게 싹 없어진다.

둘째, 습하지 않으니 짓무름이나 이로 인한 가려움도 전혀 없다.

셋째, 하루 2~3번만 갈면 된다. 나는 기상 직후/늦은 오후/취침 직전, 이렇게 세 번 생리컵을 비우고 씻은 뒤 다시 착용한다. 생리컵은 12시간까지 갈지 않고 쭉 쓸 수 있기 때문에 하루 두 번만 가는 사람들도 많다. 그래서 생각보다 외부에서 생리컵을 갈 일이 없다. 나도 95% 이상 집 화장실에서 처리해 왔고, 부득이하게 외부에서 처리해야 할 경우, 세면대가 변기와 같이 있는 곳에서 잘 처리했다. 카페 화장실, 숙소 화장실, 장애인용 화장실 등이 그런 곳이다. 그리고 물통을 가지고 들어가서 생리컵을 가는 방법에 대해서도 많이 들었는데, 이 방법은 아직 써본 적은 없지만 충분히 가능할 것 같다.

넷째, 쓰레기가 나오지 않기 때문에 환경 오염을 방지하는 것 같아 기분이 살짝 흐뭇하다. 사실 평소 그렇게 환경을 많이 생각하는 편은 아니고, 바쁜 현대인이라면 어쩔 수 없는 부분들이 많다고도 생각하지만…. 어쨌든 내가 쓰레기 줄이는 방법 하나를 실천하고 있다는 것이니까!

#지구님이_좋아요를_누르셨습니다

다섯째, 면생리대와 마찬가지로, 그냥 피 자체만을 받아내는 것이기 때문에 생리 냄새가 나지 않는다. 물론 생리컵 비우는 것을 깜빡하고 12시간을 넘겼을 때는 피가 살짝 부패하여 컵에 안 좋은 냄새가 배었지만, 그렇다고 내 몸에서 그런 냄새가 나는 것은 아니었다.

여섯째, 생리가 잔혈 처리 기간 없이 일찍(나에겐 5~6일도 일찍이다) 끝나다 보니 피가 질 내에 지지부진 남으면서 염증을 일으킬 일도 없다. 질염으로부터 더욱더 자유로워졌다.

일곱째, 자궁경부에서 컵으로 피가 바로 떨어지는 시스템이기 때문에 핏덩이가 질 바깥으로 배출될 때 느껴지는 그 감촉, 소위 '굴 낳는 느낌'을 느끼지 않아도 된다. 크게 웃거나, 재채기를 하거나, 앉아 있다가 일어나거나, 그냥 움직이는 등 사소한 순간들에 느껴지던 그 따뜻한 굴은 이제 바이바이다! 그 느낌이 싫어서 생리 때 운동하기가 힘들었는데 이제는 자유로이 할 수 있다.

여덟째, 소독이 어려울 줄 알았는데, 막상 써보니 간단한 열탕 소독만으로도 재사용이 쉽게 가능하다. 생리가 시작되고 끝날 때마다 소독 및 보관 전용 통에 끓는 물을 담고 그 안에 생리컵을 넣어 5분 정도 기다리면 된다.

일년치 부피

하루 7개 x 생리 7일
➡ 1년에 약 590개

하루 6개 x 생리 7일
➡ 1년에 약 480개

 면생리대

주기 한번당 10개 정도,
(세탁세제와 통까지)

생리컵
 주기 한번당 1-2개,
(연탕소독 전용 컵까지)

마지막, 심지어 보관하기도 쉽다!

사실, 생리컵을 쓰면서도 이상한 냄새를 맡게 될 수 있다. 바로 12시간 이상 생리컵을 갈지 않았을 경우다. 피 자체의 부패 시간 때문에, 생리컵은 12시간 안에 몸에서 빼내어 씻고 다시 넣어주어야 한다. 내가 깜빡하고 생리컵을 14시간 만에 갈았을 땐 생리컵에 역한 냄새가 배었다(14시간 동안 생리 중인지도 까먹고 있었다는 이야기다). 그래서 식초, 찬물·더운물, 베이킹소다, 햇볕 건조 등등 온갖 방법을 써서 냄새를 뺐고, 그 후로는 무조건 12시간 안에 갈고 있다. 팁을 주자면, 식초와 물(1:1)에 담가 놓았다가 햇볕 건조하는 것이 가장 효과가 좋았고, 생리컵을 비울 땐 더운물보다는 찬물로 비우는 습관을 들이면 좋다.

그리고 생리컵은 '골든컵'을 찾는 것이 중요하다. 자신에게 딱 맞는 생리컵을 골든컵이라 하는데, 사람마다 질의 길이, 모양, 근육 힘 등이 다르기 때문에 맞는 생리컵이 각자 다 다르다. 나도 약간의 우여곡절을 겪기는 했다. 세 개의 브랜드에서 나오는 생리컵을 사용해보았는데, 그 과정에서 피가 새기도 하고, 넣고 빼는 데 어려움도 겪고, 여러 브랜드를 사느라 돈도 좀 들었다. 그렇지만 결국 나는 4회 차 만에 골든컵을 찾았고, 행복도 찾았다.

내가 써본 생리컵

한나컵

처음 쓰게 된 생리컵이자, 돌고 돌아 결국 정착하게 된 생리컵이다.

면생리대를 쓰던 국내 브랜드에서 생리컵도 팔기 시작했길래 구입했는데, 사실 제대로 자궁 길이를 재보지 않고 그냥 중형으로 주문했다. 자궁 길이를 재려면 생리 중에 스스로 손가락을 넣어보아야 하는데, 그때는 그게 너무 낯설어서 일단 그냥 제일 흔하다는 사이즈로 주문한 것이다.

그렇게 주문한 중형이 결국 내게 맞는 사이즈이기는 했지만, 미리 사이즈를 체크하는 것은 시간과 비용을 아껴준다. 본인에게 너무 긴 생리컵을 사면 꼬리가 밖으로 나오거나 안쪽 살을 찔러서 아프고, 너무 짧은 생리컵을 사면 안으로 쑥 들어가 버려서 빼기가 어렵다.

그리고 본인에게 너무 큰 직경의 생리컵을 사면 넣기가 힘들 수 있고, 너무 작은 직경의 생리컵을 사면 샐 수 있다.

그리고 사이즈 외에도 생리컵마다 꼬리 모양이나 컵 밑둥 돌기 모양, 단단함의 정도가 다양하다. 꼬리 모양은 그냥 기둥인 것과 고리 모양, 볼 모양이 있는데 한나컵은 기둥 모양에 돌기가 나 있다. 단단함의 경우, 너무 단단하면 접기가 어렵고 너무 말랑하면 실링이 제대로 되지 않아서 피가 새버린다. 한나컵의 경우 단단함을 비롯하여 모든 것이 가장 내게 적당해서 정착하게 되었다.

#구관이명관?!

페미사이클

써본 것 중 가장 특이하게 생겼다. 그리고 가장 비싸다. 보통 뒤집힌 원뿔형으로 생겼는데, 페미사이클 생리컵은 입구가 다시 좁아지는 항아리 모양이다. 그리고 샘 방지 처리가 되어 있다. 덕분에 물구나무를 서도 컵에 담긴 혈이 다시 자궁경부에 닿지 않는다. 그런데 이 샘 방지 처리 부분 때문인지 입구가 제일 단단하고 두꺼워서 나는 넣고 빼는 것이 너무 어려웠다. 입구를 잘 접어 넣어야 하는데(내가 악력이 약한 편이기는 하지만), 넣을 때까지 접은 상태를 유지할 수가 없었다.

반대로 입구를 제외한 부분은 아주 말랑했고, 또 둥글어서 뺄 때 잡기가 어려웠다. 꼬리가 고리 모양인 것도 내게는 불편했다. 잘 맞는 사람에게는 최상의 생리컵이라는데, 복불복이 심하다고 한다.

#난아닌걸로

메루나컵

종류가 가장 다양하게 나온다. 단단함도 여러 단계이고, 사이즈도 길이와 직경에 따라 8종류나 된다. 꼬리 모양도 고를 수 있다. 나는 운동할 때도 새지 않도록 단단한 버전의 스포츠 타입을 써보고 싶어 구입했다. 그런데 사이즈 미스. 한나컵 꼬리가 살짝 찌를 때가 있어 사이즈는 좀 더 작고 꼬리는 고리 모양인 것으로 샀더니, 뺄 때가 어려웠다. 너무 깊이 들어가 버리는데다 고리 모양의 꼬리도 잡기가 어려웠다. 다른 사이즈와 고리로 다시 살까 싶었지만, 한나컵을 쓴다고 운동할 때 많이 새던 것은 아니었기에 그냥 한나컵만 쓰기로 했다.

아, 사이즈만큼이나 색상도 다양하고 예쁜 것이 장점이다. 나는 실리콘 안에 금빛 펄이 있는 것을 골랐는데, 쓰지는 못해도 보면 예쁘다ㅋㅋ.

남이 써본 생리컵

• 여러 사람의 리뷰를 종합한 것으로, 한 사람이 모든 장
  단점을 겪지는 않을 수 있음.

장점

생리 전 증후군과 생리통이 드라마틱하게 줄었다.

운동이나 물놀이가 가능하다.

색을 고를 수 있다.

몸에 붙는 옷을 입어도 티가 안 난다.

찝찝하지 않다.

한 번 산 것을 계속 쓰니 돈이 절약된다.

냄새가 나지 않는다.

피부 짓무름이 없다.

쓰레기가 없다.

하루에 2~3번만 갈아도 된다.

굴 낳는 느낌이 없다.

단점

진입 장벽이 높다. 처음 몇 번은 피바다를 경험한다.

종류가 너무 많아서 고르기 어렵다.

골든컵을 찾을 때까지 시간과 비용이 든다.

악력이 부족하면 생리컵을 접어 넣기가 힘들다.

타인의 추천. 생리팬티

✚✚✚ 내가 사용해 본 적은 없지만, 생리팬티라는 것이 존재한다. 그냥 방수 팬티가 아니라, 실제로 생리대 역할을 하는 팬티이다. 생리대 없이 생리팬티를 착용하면, 생리팬티의 패드가 피를 흡수한다. 생리팬티도 면생리대처럼 세탁하여 재사용한다.

사용자가 말하는 장단점은 다음과 같다.

장점

생리팬티 하나가 탐폰 두 개 반 정도의 흡수력을 지닌다.

보통의 양이라면 생리가 새는 일은 없다.

양이 많을 때는 생리대를 추가로 사용하면 좋다.

생리 전 증후군과 생리통이 드라마틱하게 줄었다.

생각보다 얇다.

피부가 짓무르지 않는다.

촉감이 부드럽다.

쓰레기가 없다.

냄새가 없다.

단점

피 흡수를 하면 물 먹은 솜처럼 무거워진다.

외출 시 쓰기에는 부담스럽다.

이름은 길지만 쫄지 마세요,
일회용 수동 질세정기

╫╫╫ 이건 가장 최근에 알게 된 용품인데, 정말 정말 추천하고 싶다! 특히 면생리대도 귀찮고 생리컵은 무섭지만 생리 기간을 단축하고 싶은 분들에게 딱이다. 이건 질 내부를 정제수(그냥 물)로 세척할 수 있도록 만든 일회용 도구로, 생리 중 질 주름에 낀 잔혈 처리에 직빵이다.

#끝난줄알았지? #내안에너있다_잔혈

물통에 구멍이 여러 개 뚫린 노즐이 붙어 있는데, 질에 노즐을 넣고 물통을 누르면 노즐에 뚫린 구멍들에서 물이 발사된다. 그러면 질 주름의 잔혈들이 씻겨 내려가고, 생리컵의 원리와 똑같이 잔혈 처리 기간이 사라져 생리 기간이 단축된다. 물론 이것도 질에 무언가를 넣어야 한다는 진입 장벽이 있으나, 노즐이 얇기 때문에 별로 걱정할 필요가 없다. 브랜드마다 다르기는 하지만 주니어 탐폰 정도, 혹은 여성 새끼손가락 두께 정도인 것 같다. 질의 위치와 각도만 알면 된다.

질세정기는 개당 가격이 3~6천 원 정도로 싸지는 않은데, 개인적으로 돈값을 충분히 한다고 생각한다. 한 달에 하나만 쓰니 환경 오염에 대한 부담도 좀 덜하다.

나는 현재 생리컵 사용 후 일회용 여성 질세정기를 사용하여 잔혈을 처리한다(한 주기에 1~2회 사용해 보았는데, 1회로 충분한 경우도 있었고 2회를 해야 충분한 경우도 있었다). 국내산 정제수를 쓰는 브랜드에서 10개 단위 대량 구매로 살짝 단가를 낮추어 구매하고 있다.

참고로 산부인과에 문의해 본 결과, 질을 세척할 때는 비누 같은 세정제나 시판용 ○○워시 등을 쓰는 것보다 그냥 물(정제수, 수돗물)로 씻는 것이 가장 좋다고 한다. 산부인과에서도 일회용 수동 질세정기를 팔고 있었다.

#피가_쏙_비뜨

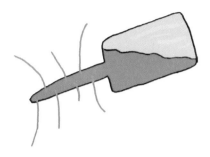

남이 써본 수동 질세정기

• 여러 사람의 리뷰를 종합한 것으로, 한 사람이 모든 장
  단점을 겪지는 않을 수 있음.

장점

생리가 아니더라도 질염이 살짝 있을 때 사용하면 좋다.

삽입형 대안 용품 중 두께가 가장 얇아 진입 장벽이 낮은 편이다.

심리적으로 시원한 느낌이 든다.

생리를 딱 끝낼 수 있다.

생리 기간을 단축할 수 있다.

단점

비싸다.

타이밍 맞추는 것이 중요하다. 너무 이르게 사용하면 또 해야 한다.

들어 있는 물을 다 쓰기 힘들다. 요령과 악력이 좀 필요하다.

생각만 해도 아픈 너,
브라질리언 왁싱

✚✚✚ 왁싱이란 털을 뽑는 것이다. '왁스'라는, 액체에서 고체로 변하는 것을 이용해 털을 뽑는 것을 왁싱이라고 하는데, 종아리나 눈썹 등에도 왁싱하는 사람이 많다.

#털도생명이잖아요 #그래도뽑겠어,왁싱

사실 생리컵을 쓴 이후로 왁싱은 그만두었는데, 혹시나 관심 있는 독자 여러분들이 있으실 수 있으니 나의 3년간 왁싱(샵&셀프) 경험도 나누어보고자 한다.

내가 왁싱을 시작한 것은, 생리 기간에 사타구니가 습한 것이 덜해진다는 말을 들어서였다. 그리고 결과적으로 실제 그 효과를 보았다. 피가 사타구니 털에 묻지 않고 바로 패드에 떨어져서 그런지 패드생리대에 피가 더 빨리 흡수되고 습함도 덜해졌다. 그리고 다른 귀찮던 문제도 추가로 해결되었는데, 사타구니 털에 묻은 채로 굳어 버린 피 때문에 샤워시 오래 씻는 일이 없어졌다.

#근데비싸

다만, 가격이 비싸고 엄청 아프다는 것이 문제였다. 나는 강남의 한 샵에서 4~5만 원을 들여 왁싱을 했는데, 적어도 두 달에 한 번은 그렇게 지출해야 했다(지금은 물가가 올라서 5~6만 원이라고 한다). 가격이 부담되어 왁싱 테이프를 샀고 셀프로 몇 번 해보기도 했는데, 정말 웬만큼 독한 사람이 아니면 혼자 하긴 어려울 것이라는 생각이 들었다. 그래도 나는 독한 여자라 5번 정도 셀프 왁싱을 했다. 팁을 주자면, 털이 나는 결 방향을 잘 아는 것, 쫄지 않고 한 번에 '팍!' 떼는 것이 중요하다.

#자기의일은_스스로하자 #자본주의가낳은괴물 #그래도
아파_마이아파

그런데 생리컵을 쓴 이후로는 사타구니 밖으로 피가 나올
일이 없어 왁싱을 그만두었고, 이제 아프지 않아도 돼서 조금
더 행복해졌다.

남이 해본 왁싱
- 여러 사람의 리뷰를 종합한 것으로, 한 사람이 모든 장
  단점을 겪지는 않을 수 있음.

장점
생리 때 덜 찝찝하다.
생리가 아니더라도 여름에 땀이 덜 차 뽀송뽀송하다.
털 없는 모습이 좋다.
비키니 입을 때 신경 쓸 필요가 없다.

단점

비싼데다 아프다(곱슬 기가 있으면 더더욱).

매달 가기 귀찮다.

왁서와의 만남이 너무 민망하다.

털 자라는 모습이 징그럽다.

스크럽 등 인그로운 헤어(새로 털이 나는 과정에서 털이 피부를 뚫지

못하고 피부 안에서 자라는 현상) 관리가 번거롭다.

피부 자극이 크다.

지금 나의 정착지

지금까지 생리에 대해서 참 많은 이야기를 했다. 이 많은 이야기를 마무리하면서, 그래서 지금 나는 생리와 어떻게 살아가고 있는지 정리해보려 한다. 본인의 상황과 비교해보며 자신의 생리와 더 잘 대화할 수 있는 기회가 되기를 바란다.

우선 정서적인 부분의 생리 전 증후군(PMS)에 있어서는, 정신의학과 약을 계속 복용함과 동시에(왜인지는 나도 모르겠지만) 호르몬제로 생리주기를 규칙적으로 만들어 놓으니 거의 없어지다시피 했다. 그리고 호르몬제 휴약기에 감정적인 변화나 신체적인 변화가 생기더라도, '아, 이건 내 몸에 호르몬이 확 변해서 그런 거야.'라고 확실히 인지할 수 있어서 그런지 빠른 셀프 대처가 가능해졌다. 주기가 불규칙할 때는 이게 생리 때문인지, 그냥 기분과 몸 컨디션이 안 좋은 건지 헷갈렸는데, 이제는 원인이 확실하니 고민도 덜고 대처도 빠르다.

호르몬제를 21일 동안 복용한 뒤 휴약기가 시작되면, 다음 날부터 탐폰 두 개와 진통제를 챙겨 다닌다. 생리컵이 아니라 탐폰을 챙겨 다니는 이유는, 외출 중 생리가 시작되었을 때 생리컵을 바로 열탕 소독하여 쓸 수는 없기 때문이다. 외출 중 예상치 못하게(대략적인 날짜는 예상 가능해도 정확한 시간은 예상할 수 없다) 생리가 터지면 일단 탐폰을 쓰고, 집에 돌아오면 바로 생리컵을 소독하여 착용한다. 진통제는 생리가 시작할 것 같으면(생리통이 오는 느낌이 있다. 다년간의 경험으로 깨달았다.) 피가 비치지 않아도 바로 먹는다. 만약 허탕이더라도, 한 알 더 먹는다고 해서 문제가 생기진 않기 때문에 약을 최대한 빠르게 먹는다.

휴약 2~3일 차에 생리가 시작되고, 하루 동안은 생리컵을 써도 피가 조금씩 새기 때문에 면 팬티라이너를 같이 써준다. 그렇다고 많이 새는 것은 아니어서 팬티라이너는 8~12시간 주기로 갈아주면 충분하다. 왜 골든컵을 찾았는데도 피가 새냐고? 그 이유는 생리 중에도 계속 자궁 위치나 질 길이가 변화하기 때문이다. 자궁은 생리가 시작할 때 가장 낮게 위치하다가 점차 올라가고, 질 길이는 가장 짧다가 길어진다. 그래서 나의 경우, 이 컵이 둘째 날부터는 골든컵이 맞는데 첫날의 내 몸과는 완벽하게 맞지 않는다.

첫날용 골든컵을 탐색해볼까도 싶었지만, 보통 생리 첫날의 3분의 1 이상은 탐폰을 쓰게 되기 때문에 가성비가 그리 높지 않다고 판단했다. 그리고 면 팬티라이너는 전용 비누와 표백제로 손세탁하고, 그 상태 그대로 미지근한 물에 한나절 정도 담가 놓았다가 헹구는데, 한두 장이라 별로 귀찮지 않다.

생리 2일 차부터 4일 차까지는 생리컵을 하루에 세 번 비워준다. 보통은 기상 직후에 한 번, 저녁 식사 전에 한 번, 자기 직전에 한 번, 이렇게 세 번이다. 바쁠 때는 11시간까지 쭉 착용하다 비워줄 때도 있는데, 원래 생리량이 많은 편은 아니어서 그런지 한 번도 넘친 적은 없다.

생리 4일 차 저녁~5일 차 즈음, 생리컵에 생리혈이 굉장히 적게 모이는 때가 되면, 생리컵을 빼고 일회용 수동 질세정기로 질 내부를 세척한다. 생리컵은 열탕 소독 후 다시 건조하여 서늘한 곳에 보관한다. 그 후 하루 이틀은 피 한두 방울이 팬티에 묻어날 때도 있는데, 그 정도는 비누로 대충 손세탁하면 없어진다. 그리고 그렇게 나의 생리는 마무리된다.

그리고 생리가 끝나면 20~22일 뒤, 이걸 다시 반복한다.

#숏타임노씨_롱타임노씨원해요

아예 안 해도 된다면 참 좋겠지만 그래도! 다음 생리일을 예측할 수 있다는 점, 생리 전과 생리 중 기간에 덜 아프고 덜 불편하게 지낼 수 있다는 점 덕분에 나의 생리 라이프는 +99999점만큼 쾌적해졌다. 매달 "생리 이 쌔-!"를 달고 살던 내 입이 청정해졌다!

생리에 대해 자연스럽게 이야기하는 사회를 꿈꾸다

이 책을 쓰기로 결심하면서 생리에 대한 책을 검색해보고 정말 당황스러웠다. '생리'라고 검색했을 때 나오는 책이

('동물 생리학' 같은 책은 제외하고) 고작 4권 정도였기 때문이다. 특히, 자신의 생리를 직접 다룬 에세이는 단 한 권이었다. 게다가 국내 저자의 책은 거의 전무했다.

생리는 인류의 거의 절반이 겪는 일이다. 그런데도 이렇게 생리에 대한 이야기가 오픈되어 있지 않다니, 적잖이 충격이었다. 아직도 학교의 여학생들이 생리대 빌리는 것을 귓속말로 속삭이는 이유가 있었다. 내가 생리를 시작할 때보다 시간이 많이 흘렀다고, 사람들의 가치관이 많이 변했을 것이라고 생각했는데, 생각보다는 그렇지 않은 것 같다.

생리에 대한 이야기가 금기시되는 것은 큰 문제를 야기한다. 가장 심각한 문제는, 관련 데이터가 부족해 여성 의학 지식이나 여성용품이 발전하기 어렵다는 점이다. 어느 분야든 데이터의 축적은 지식과 산업의 기반이 된다. 그렇기 때문에 여성 의학 지식이 축적되려면 그리고 여성용품의 질이 향상되려면, 여성의 삶에 대한 데이터가 쌓여야 한다. 그런데 여성으로서의 삶에 있어 각자가 어떤 점을 불편하게 느끼는지, 그래서 어떤 방식들로 불편을 해결하고 있으며, 그 과정에서 어떤 것이 어떤 장단점을 보이고 있는지에 대한 데이터가 오픈

되지 않고 있다.

그리고 이 상황이 일으키는 두 번째 큰 문제는, 남녀 간 이해의 폭이 좁아지며 오해와 갈등을 키운다는 점이다. 생리에 대해 잘 모르는 남자가 어떻게 생리로 힘들어하는 여자를 이해하고 그 여자와 진정히 의사소통할 수 있을까?

나는 최대한 많은 수의 남성들이 생리에 대해 잘 알기를 바란다(물론 여성들도 군대를 비롯한 남성들만의 고충에 대해 잘 알기를 바란다. 부디 이 책이 남녀 갈등을 심화하는 방향으로 읽히지 않길 바란다). 그들의 가족이, 그리고 가족이 될 사람들이 겪어왔고, 겪고 있으며, 미래에 겪게 될 문제이기 때문이다(꼭 가족이 아니더라도 친구, 동료, 선후배, 선생님, 좋아하는 연예인 등 내게 소중한 누군가는 꼭 겪는 일이다).

생리에 대해 잘 알게 될수록, 내게 소중한 여자에 대해 더욱 잘 알게 되고, 더 많은 소통의 창구가 열리면서 더더욱 많이 가까워질 수 있을 것이다.

이러한 이유로 나는, 이 책이 나오고 시간이 흐른 후에 '생리'라는 컨텐츠를 여기저기서 자연스럽게 접하길 꿈꾸어본다.

그리고…

사실 이 책은 개인의 에세이이고, 따라서 나와 주변 지인들의 경험만을 바탕으로 쓰다 보니 생리로 겪는 불편 중 다루지 못한 부분들도 있을 것이다. 다양한 불편과 극복 방법을 한 권의 책에 모두 다룰 수 없었던 나의 부족함을 인정하고 양해를 구하면서, 앞으로 다른 분들께서 이 부족을 꼭 채워주시길 부탁드린다.

그리고 '월경'이나 '생리'라는 단어가 우리 모두에게 익숙해질 수 있도록(창피할 것이 아니니 창피해하지 말고!) 자신의 생리에 대한 이야기를 지인들과 적극적으로 나누었으면 한다. 처음에는 나도 상대도 낯설어하겠지만, 한 사람 한 사람의 용기가 모이면 점차 여성의 생리는 낯선 것이 아니게 될 것이다.

이 책이 누군가에게 읽혀질 수 있도록 해주신 쌤앤파커스 출판사, 만나는 처음부터 나의 생리 불편을 함께해주고 도와준 남편(초고를 쓸 땐 남친이었는데!), 내용이 풍성해지도록 인터뷰에 응해주신 모든 분들, 초고부터 최종본까지 피드백을 준 많은 남녀 친구들, 생리 불편 극복의 출발점이 되어 준 인터넷의 수많은 생리 선배들, 의학적인 부분을 감수해준 의사

친구들, 그리고 언제나 든든한 뒷받침이 되어 주신 부모님께 감사드린다. 이 책은 혼자였으면 절대 나올 수 없었을 책이라고 생각한다.

이 책을 읽는 모든 분들께,
무한한 사랑과 감사를 드린다♥

2021년 1월 22일 1쇄 발행

지은이 신윤지
펴낸이 김상현, 최세현 **경영고문** 박시형

책임편집 김명래 **디자인** 박선향 **교정교열** 전해림
마케팅 양근모, 권금숙, 양봉호, 임지윤, 조히라, 유미정, 전성택
디지털콘텐츠 김명래 **경영지원** 김현우, 문경국
해외기획 우정민, 배혜림 **국내기획** 박현조
펴낸곳 팩토리나인 **출판신고** 2006년 9월 25일 제406-2006-000210호
주소 서울시 마포구 월드컵북로 396 누리꿈스퀘어 비즈니스타워 18층
전화 02-6712-9800 **팩스** 02-6712-9810 **이메일** info@smpk.kr

ⓒ 신윤지(저작권자와 맺은 특약에 따라 검인을 생략합니다)
ISBN 979-11-6534-308-8 (03810)

• 이 책은 저작권법에 따라 보호받는 저작물이므로 무단전재와 무단복제를 금지하며,
• 이 책 내용의 전부 또는 일부를 이용하려면 반드시 저작권자와 (주)쌤앤파커스의 서면동의를 받아야 합니다.
• 이 책의 국립중앙도서관 출판시도서목록은 서지정보유통지원시스템 홈페이지(http://seoji.nl.go.kr)와 국가자료공동
목록시스템(http://www.nl.go.kr/kolisnet)에서 이용하실 수 있습니다.

• 잘못된 책은 구입하신 서점에서 바꿔드립니다.
• 책값은 뒤표지에 있습니다.
• 팩토리나인은 (주) 쌤앤파커스의 브랜드입니다.

쌤앤파커스(Sam&Parkers)는 독자 여러분의 책에 관한 아이디어와 원고 투고를 설레는 마음으로 기다리고 있습니다.
책으로 엮기를 원하는 아이디어가 있으신 분은 이메일 book@smpk.kr로 간단한 개요와 취지, 연락처 등을 보내주세요.
머뭇거리지 말고 문을 두드리세요. 길이 열립니다.